NISKARUSETTI

NISKARUSETTI

VIRVE MÄKIKANGAS

Kustantaja: BoD – Books on Demand, Helsinki, Suomi

Valmistaja: BoD – Books on Demand, Norderstedt, Saksa

ISBN: 978-951-568-193-5

1

Jälleen kerran hän istui otsa kurtussa tuijottaen lasittunut katse silmissään melkein tyhjää viskilasiaan. Pullo, laadukasta Yamazakiviskiä lasin vierellä, oli myös lopuillaan. Samuelin jännittynyt olemus kieli Ninalle, että pian alkoi taas tapahtua. Mies sohvankulmalla istuessaan näytti ehkä ulkopuolisin silmin katsottuna rennolta, mutta Nina oli oppinut lukemaan miehen jokaisen liikkeen sekä ilmeen. Ilmapiiri oli jännittynyt, oli "kuoleman" hiljaista. Laskiessaan ruokaostoksensa keittiön sekä olohuoneen jakavalle työtasolle, Nina tunsi, kuinka hänen kehonsa rentous oli kadonnut. Niskalihakset muuttuivat koviksi estäen hapen kulkeutumisen Ninan aivoihin. Ninaa alkoi huimata. Hän nojautui toisella kädellään työtasoon. Työtason pinta oli mustaa graniittia, joka hohti pimeässä hentoa vihreää valoa. Hohde vangitsi aina Ninan katseen, kuin maaginen rauha olisi tunkeutunut hänen sisimpäänsä tuon hehkun mukana.

Heidän asuntonsa oli tyylikäs kattohuoneiston kaksio, jossa oli avara olohuone. Olohuone jatkui liukuovien ollessa avoinna ulos samalla avaten hienon näkymän kaupungin yli kohti satamaa.

Samuel ansaitsi hyvin lentokapteenina. Kapteenin vastuullisen työn hän oli aloittanut kaksi vuotta sitten. Nina oli irtisanoutunut tuolloin lentoemännän työstä, sillä Samuelin mielestä Ninan ei missään nimessä tarvinnut enää kärsiä raskaista aikaeroista, taikka muustakaan työn tuomista rasitteista. Positiivinen raskaustesti oli saanut Samuelin huolestumaan Ninan hyvinvoinnista, vaikkakin raskaus oli ollut vasta aivan aluillaan. Ehkä silloin Ninasta tuo ratkaisu tuntui oikealta. Neljä vuotta sitten, kun hän oli valmistunut lentoemännäksi, oli hän varma, että tuo vaihe hänen elämässään kestäisi vain vuoden taikka kaksi, kunnes hän jatkaisi opintojaan. Toisin kuitenkin kävi.

Samuelin katse oli siirtynyt tiukasti kohti Ninaa, joka oli alkanut hiljaa ja huomaamattomasti nostamaan ostoksiaan kauppakasseista keittiön kaapistoon sekä osan jääkaappiin. Nina oli selin Samueliin, mutta hän tunsi, kuinka miehen katse porautui hänen niskaansa. Hän koetti pitää olemuksensa normaalin rentona, eikä halunnut mitenkään näyttää kehollaan pelokkuuttaan Samuelille. Samuelin leukaan oli kasvanut epäsiisti sänki ja hänen hiuksensa pöyhöttivät pystyssä jokaiseen ilmansuuntaan. Yleensä hän piti hyvinkin tarkoin huolta ulkoisesta olemuksestaan, mutta nyt Samuel oli ollut vapaallaan jo kaksi vuorokautta nautiskellen alkoholia. Miehen mukaan hänen oli saatava rentoutua raskaan ja vastuullisen työn tuomista rasitteista. Ehkä näin, mutta Nina ei olisi halunnut rentoutumisen jatkuvan koko vapaan ajan. Näin on kuitenkin käynyt jo reilun vuoden verran ja tilanne tuntui kerta toisensa jälkeen pahemmalta. Ninaa oli jo alkanut pelottaa Samuelin lähestyvät vapaat. Kolmevuotta sitten, kun nuoripari oli hankkinut tämän upean asunnon, he olivat viettäneet yhteiset vapaat monenlaisten harrastusten parissa kahdestaan tai iloisesti yhteisten kavereidensa sekä ystäviensä ympäröimänä.

"Missä vitussa sinä viivyit?"

Samuelin ääni oli kireä tai pikemminkin terävä. Se tuntui Ninasta siltä, kuin hänen kurkkunsa olisi viilletty noilla sanoilla auki. Hän ymmärsi samalla, ettei mikään vastaus olisi riittävän hyvä tuolle miehelle juuri nyt. Etsiessään nopeasti oikeita sanoja, hän hieman hätääntyi, kun kuuli takanaan Samuelin nousevan sohvalta ja astelevan paljain jaloin kohti Ninaa. Kauhusta kangistuneena nainen ei saanut sanaakaan suustaan, kun samassa hän tunsi Samuelin kämmenen iskeytyvän hänen oikealle ohimolleen. Iskun voimakkuus sai Ninan horjahtamaan vasten tiskipöytää. Hän sai onnekseen nopeasti otteen molemmilla käsillään tiskipöydän reunasta. Muutoin hän olisi kaatunut lattialle äkillisen jalkojen voimattomuuden johdosta, jonka tuo yllättävä hyökkäys aiheutti.

"Saatana! Etkö sinä enää osaa puhuakaan?"

Samuel seisoi uhmakkaasti Ninan edessä hajareisin katsoen samalla halveksuen naista, joka nojasi tiskipöytään huterasti pidellen oikealla kädellään iskun saanutta ohimoaan.

"En minä missään viipynyt! Oli vain jonoa kassalla."

Nina sai kasattua itsensä ja vastattua tarpeeksi kipakasti takaisin. Tämä toimi ja Samuel vetäytyi takaisin sohvalle.

"Vai että jonoa. Jossakin helvetti kävit huoraamassa, saatana!"

Samuel kaatoi lasiinsa lisää juomaa.

"Mieti nyt. Kello on 16:30 ja arkipäivä. Ei sieltä kaupasta viidessä minuutissa tulla."

Samuel kaatoi lasin sisällön kurkusta alas. Mies istui hetken paikoillaan nojaten kyynärvarsillaan reisiinsä. Hänen päänsä oli hieman riipuksissa ja hetken Ninasta näytti, että Samuel olisi nukahtanut tuohon asentoonsa. Yllättäen mies nosti huojuvaa päätään samalla todeten sekavan oloisena.

"Niinpä niin. No, taidan … taidanpa ottaa nyt nokoset."

Nina aavisti, että oli parempi olla hiljaa, ettei sanoisi miehelle enää mitään ja antaisi tämän mennä vain unilleen. Nina toivoi, että Samuel vihdoinkin lopettaisi tämän helvetin vapaan rentoutumisensa tähän. Hän seurasi, kuinka mies hoippui kohti makuuhuonetta törmäten mennessään hyllykköön tiputtaen samalla alas heidän hääkuvansa. Tuo tilanne tuntui Ninasta pahalta. Se symboloi hyvin heidän surkeaa tilannettaan.

2

Samuelin mentyä nukkumaan, Nina oli siivonnut olohuoneen pöydältä viskipullon ja Samuelin juomalasin. Lopun juomasta, sen vähäisen mikä pullossa vielä oli, hän kaatoi viemäristä alas. Hääkuva makasi pehmeän harmaan villamaton päällä kuvapuoli ylöspäin. Nina katsoi haikeana kuvaa, jossa kaksi rakastunutta syleili toisiaan. Kuva oli otettu tuona onnellisena päivänä, jona he olivat vannoneet ikuista rakkautta ja tukea toisilleen niin vastakuin myötämäessä. Nina otti kuvan käsiinsä pidellen hellästi siitä kiinni. Hän oli kuvassa vielä hyvin onnellinen ja elämäniloa täynnä. Vaikka tuosta hetkestä oli kulunut vain kolme vuotta, tuntui se Ninasta nyt hyvin kaukaiselta, kuin se kaikki olisi tapahtunut hänelle toisessa elämässä. Samuel oli ollut niin erilainen tuolloin. Ninan mieleen piirtyi heidän ensitapaamisensa. He olivat saman lentoyhtiön palveluksessa ja itseasiassaan se oli Ninan ensimmäinen virallinen työlento. Samuel oli tuolloin perämiehenä. He olivat heti kiinnittäneet huomion toisiinsa, vaikka toinen lentoemäntä,

Eva olikin hieman vihjaillut Samuelin maineesta Ninalle.

"Sinä hölmö, typerä tyttö."

Sanoi Nina hiljaa omalle kuvalleen samalla pyyhkäisten peukalollaan kuvan lasipintaa kasvojensa kohdalta.

"Olisit vain kuunnellut varoituksen ääniä." Hän jatkoi samalla asettaessaan kuvan takaisin omalle paikalleen heidän makuuhuoneensa oven vieressä olevan kapeaan hyllyn päälle. Kun hän seisoi yhä hyllyn vierellä, kuvan ollessa omalla tutulla paikallaan, Nina tunsi Samuelin kuumottavan katseen vieläkin niskassaan. Kylmät kapeat sormet, joissa oli pitkät valkoiseksi lakatut kynnet, kulkeutuivat vaistomaisesti hiusrajan alapuolelle. Hänellä oli vaalean ruskeat pitkät hiukset, jotka hän oli nostanut ponihännälle ennen, kuin oli lähtenyt ruokaostoksille. Käsi kosketti niskassa olevaa tatuointia, jonka hän oli kuusi kuukautta sitten ottanut. Nina tiesi, että Samuel oli tuijottanut terävällä katseellaan tuota tatuointia. Mies ei pitänyt ollenkaan Ninan mielestä niin kauniisti tehdystä tatuoinnista, joka esitti rusettia. Samuel oli sanonut sen näyttävän kauempaa katsottaessa ristiltä. Rusetin nauhat laskeutuivat kauniisti niskaa alas kohdalle, jota kutsutaan myös "kuningatar kyhmyksi" sillä joillakin naisilla se saattoi erottua hyvin. Tuon hän oli oppinut

11

omalta hierojaltaan, Mirolta. Miro oli ammattitaitoinen ja pätevä hieroja sekä ainut ihminen, jolle Nina oli voinut luottamuksellisesti kertoa asioistaan ilman pelkoa, että asiat olisivat kantautuneet Samuelin korviin. Noina harvinaisina hetkinä ollessaan Miron asiakkaana, hän sai hetken nauttia olostaan olemalla vain oma itsensä. Ei heillä suhdetta ollut, vaikka kevyttä huumoria asiasta olivatkin joskus leikkisästi heittäneet. Samuelin mustasukkaisuuden johdosta Nina joutui luopumaan Miron palveluista. Silloin Nina oli päättänyt ottaa tuon tatuoinnin niskaan. Se muistutti häntä siitä, kuinka Miro oli saanut jännittyneet kallonpohjan lihakset rentoutumaan ja päänsäryn katoamaan. Tuota kyseistä lihasryhmää Miro oli kutsunut niskarusetiksi. Hän olikin kiusoitellen aina sanonutkin, että Nina oli saanut taas rusetin umpisolmuun sitten viimeisimmän käynnin jälkeen. Sen jälkeen, kun Samuel oli vaatinut Ninaa lopettamaan Mirolla asioinnin, asiat olivat vain lähteneet luisumaan alamäkeä kiihtyvällä vauhdilla, eikä Nina tiennyt, kuinka saisi tuon kelkan pysähtymään taikka vain kääntämään suuntaansa loivempaan sekä hitaampaan laskuun.

Palatessaan ajatuksineen takaisin keittiöön, hän huomasi alakaapin listan alta pilkistävän paperin kulman. Vaistomaisesti hän vilkaisi heti

12

kohti makuuhuoneen ovea. Onneksi ovi oli kiinni, eikä Samuelia näkynyt seisomassa itsevarmana sen edessä. Nina kumartui nopeasti kohti kaappia aukaisten sen oven, jotta pystyi raottamaan alinta kaapinhyllyä päästäkseen käsiksi tuohon karkuun yrittävään asiakirjaan. Olisi ollut aivan hirveää, jos Samuel olisi löytänyt sen. Samassa Samuelin puhelin keittiön ja olohuoneen välisellä tasolla alkoi soida. Nina hätääntyi ja sysäisi paperin nopeasti alahyllyn alle. Paperi ei mennyt kokonaan takaisin piiloon, vaan sen kulma jäi hieman näkyviin. Nina ei tuota kuitenkaan huomannut. Nopeasti hän sulki kaapinoven ja vilkaisi Samuelin puhelimen näyttöä. Soittaja oli Karin.

"Karin, tietenkin."

Hän tuhahti hiljaa kääntyen kohti jääkaappia. Puhelin lakkasi soimasta, eikä makuuhuoneen ovi vielä avautunut, onneksi. Ajatus siitä, ettei hän ennättäisi valmistaa miehelleen maittavaa ateriaa, ennen kuin tämä heräisi, ei miellyttänyt Ninaa. Samuel oli pyytänyt edellisenä päivänä, että Nina valmistaisi hänelle lampaanpaistia. Olisi mukavaa, jos he söisivät aterian yhdessä ja Samuel olisi lopultakin nukkunut humalansa pois. Se oli juuri tuolla hetkellä Ninan hartain toive. Ninan ajatukset risteilivät hetkissä, jotka hän niin kovasti olisi halunnut elää uudelleen. Mielikuvien, hetkien sekä tunteiden vallassa hän

13

sai paistin uuniin. Kun viimeinenkin likainen astia oli löytänyt jälleen oman paikkansa puhtaana kaappiin ja paisti oli valmis nostettavaksi pois uunista, makuuhuoneen ovi avautui. Ovelle ilmestyi itsensä siistinyt, hyvin istuvaan pukuun pukeutunut Samuel. Ninan sydän jätti yhden lyönnin väliin, sillä ovelle oli ilmestynyt juuri se mies, jonka hän toivoi Samuelin jälleen olevan.

"Missä helvetissä minun puhelin on?"

Samuel tiesi hyvin, missä hänen puhelimensa oli, mutta kyllähän Nina tiesi, että miksi Samuel oli jättänyt puhelimen Ninan nähtäville. Näin oli käynyt lukemattomia kertoja ja aina aiheesta oli syntynyt riita, vaikka Nina oli väistellyt tilannetta parhaansa mukaan. Samuel tiesi, että Karin yrittäisi tavoittaa häntä ja että Nina kyllä katsoisi, kuka miestä kaipaisi. Tuo olemus ja äänen sävy sai Ninan taas tippumaan todellisuuteen. Ei tuo mies enää ollut se sama Samuel, jonka vierellä hän oli seisonut alttarilla papin edessä.

"Oletko lähdössä jonnekin? Minulla on juuri paisti valmis ja ajattelin, että..."

"Älä sinä ajattele, sillä se ei sovi sinulle."

Samuel seisoi nyt puhelin kädessään Ninan vieressä selaten Karinin jättämiä viestejä.

"Olet varmaan tukehtua halusta tietää, mitä viestejä olen Karinilta saanut?"

Ivallinen ja ylimielinen virne kasvoillaan Samuel ei edes viitsinyt katsoa Ninaa. Nina ajatteli samalla kun katseli miehen ilmettä hieman tarkemmin:

- *Vitun pöljä, minua ei kiinnosta sinun ja sinun narttusi paskat viestit!*

Aivan, kuin Samuel olisi kuullut Ninan ajatukset ja samassa mies nosti päänsä näyttäen vaimolleen kasvonsa. Kasvoille oli ilmestynyt Ninalle jo tutuksi tulleen sairaanloisen ilmeettömät ja tuntemattomat kasvot. Ne eivät olleet hänen miehensä. Aivan, kuin toinen ihminen olisi välillä astunut Samuelin kehoon. Ajatus puistatti Ninaa ja Samuel huomasi tilanteen. Mies kumautti vaimoaan puhelimen ohuella pohjalla nenänvarteen tehden siihen haavan. Haavasta alkoi vuotamaan verta, joka valui Ninan molemmille poskille.

"Turha odottaa minua kotiin enää tänään."

Samuel ei edes vaivautunut enää katsomaan Ninaa, vaan suoristi ryhtiään, kuin ei mitään olisi tapahtunutkaan. Mies asteli eteiseen sitoen hyvin kiillotetut nahkaiset kenkänsä jalkoihinsa. Ulko-ovi kolahti Samuelin perässä miehen poistuessa heidän yhteisestä kodistaan. Nina oli tarttunut nenävarrestaan kiinni ja hän nojasi nyt tiskialtaan reunaan veren valuessa sormien välistä altaaseen. Veri teki kauniin juovan etsiessään tietä viemäristöön. Nina seurasi hiljaa kaunista tummaa juovaa, eikä päästänyt ääntäkään. Silti hän tunsi valtavaa kipua nenänvarressaan. Veren maku ja haju ei peittänyt paistin tuoksua, joka leijaili ulos uunista. Tuoksu sai Ninan ajattelemaan, että kaikki tämä vaivan näkö oli aina yhtä turhaa. Jotenkin oudolla tavalla tuo tilanne yhdistyi Ninan alitajunnassa lapsuudessa sattuneeseen tilanteeseen. Hänen isoveljensä, Kim, oli lyönyt Ninaa puukepillä nenänvarteen. He olivat ehkä noin 9 ja 7 vanhoja. Ninan veli oli hiljattain kuollut alkoholin sekä huumeiden yliannostukseen. Heidän vanhemmilleen Kimin kuolema oli ollut todella raskas isku. Poikaan oli kohdistunut suuret odotukset, sillä Kim oli ollut erittäin hyvä koulussa ja varsinkin tietokoneiden parissa Kim oli ollut suorastaan nero. Riippuvuus päihteisiin oli peruttamattomalla tavalla muuttanut Kimin tilanteen huonompaan suuntaan. Muutos tapahtui yllättävän nopeasti. Jotkut lääkärit olivat analysoineet, että Kim ei kestänyt vanhempiensa luomaa painetta ja ajautui siksi väärään seuraan. Nina oli itse tullut siihen tulokseen, että veli oli jo syntyjään saanut tuhoisat geenit, eikä voinut välttää kohtaloaan. Vanhemmat olivat varmasti nähneet saman asian ja koettivat vain parhaansa mukaan tukea ja kannustaa poikaansa. Kimin kuolemaan johtavista seikoista ei perheessä koskaan sen kummoisemmin keskusteltu. Nina uskoi, että asia oli vaikea vielä vuosienkin jälkeen hänen vanhemmilleen, eikä asiaa varmastikaan helpottanut se, että Nina oli joutunut Samuelin toimista etääntymään perheestään. Sara, Ninan isosisko oli Ninaa paljonkin vanhempi. Heillä oli ikäeroa kahdeksan vuotta. Oikeastaan Sara oli heidän isänsä edellisestä avioliitosta, eli Ninan sisarpuoli. He eivät koskaan olleet kovinkaan läheisiä toisilleen. Sara asui kaukana ja eli onnellisessa suhteessa. Tom oli arvostettu lastenlääkäri ja miehestä olikin tullut Saralle rakas ja hellä aviomies sekä kahden ihastuttavan pojan isä. Ajatellessaan Tomia, Ninan alkoi voida pahoin. Hän yritti ravistaa itsensä irti tuosta ahdistavasta olotilastaan siinä kuitenkaan onnistumatta. Päinvastoin, hänestä alkoi tuntua siltä, että keuhkot olisivat painuneet kasaan ja kurkun ympärille olisi asetettu kuristuspanta. Vahvat tunteet kuten pelko, ahdistus sekä voimattomuus vetivät hänet lattialle. Nina käpertyi keittiön maton päälle sikiöasentoon, samalla hänen tajuntansa alkoi hämärtyä. Vahva tunne siitä, että hän makasi syvällä maahan kaivetussa kosteassa mullalta tuoksuvassa kuopassa hänen vanhempiensa seisoessa surullisina sen reunalla, sai hänet epätoivoisena rutistamaan polviaan kohti rintaansa. Ninan silmät olivat tiukasti kiinni, mutta hän näki selvästi, kuinka Sara seisoi vanhempiensa takana kauempana kukkulalla huutaen hänelle jotain, mutta huudosta ei saanut selvää. Lopulta hän sai vedettyä henkeä samaan aikaan kuin palovaroitin aloitti korvien "raiskaamisen" voimakkaalla piippauksellaan. Hälytyksen aiheuttaja oli uunista nouseva savu. Mielikuva kaikkosi, kuin sen päälle olisi heitetty purkillinen valkoista maalia. Nopeasti Nina reagoi tilanteeseen. Kuin sähköiskun saaneena hän tempaisi uuninluukun auki ja tarrautui paistinvuokaan käsiinsä pikaisesti saadun keittiöpyyhkeen avulla. Pyyhe oli kyllä hänen kädessään kaksin kerroin, mutta kuuma vuoka poltti Ninan käsiä. Saatuaan savuavan paistin vuokineen vauhdilla uunin päälle, hän tunsi kämmenissään karmean kuumotuksen. Kylmän veden alla käsien poltto hieman helpottui, mutta Nina tiesi, että hän oli saanut lahjakkaat palovammat molempiin kämmeniinsä. Tuona epätoivoisena hetkenä tuska, joka koetteli häntä niin sisäisesti kuin ulkoisestikin, sai Ninan murtumaan. Kyyneleet valuivat vuolaana pitkin hänen kalpeita poskiaan. Kaikesta huolimatta Nina tahtoi muistaa vain hyviä asioita ja tuota hetkeä, jolloin he olivat Samuelin kanssa nähneet ensikerran. Tuo nuori mies oli hurmaava ja huomaavainen, kuin toinen ihminen, jonka Nina oli joskus tuntenut, kauan sitten menneisyydessään. Nyt tuo aika tuntui Ninasta kaukaiselta. Muistot hänen menneisyydestään olivat kuin suoraan sadusta, jonka jokin taitava

18

kirjailija olisi kirjoittanut ilman loppua. Loppu tuolle kauniisti alkaneelle sadulle ei välttämättä päättyisi onnelliseen loppuun. Tunne pahan läsnäolosta oli alkanut vainota Ninan mieltä ja tuo paha seisoi jo aivan Ninan selän takana. Paisti sai jäädä hellalle, sillä ruoka ei ole ollut hänen mielenkiinnon kohteensa aikoihin. Hän sai mielensä sekä hetki sitten alkaneen itkunsa hieman rauhoittumaan. Väsyneenä hän laahusti istumaan sohvan reunalle asettaen sormet ristiin jalkojensa väliin puristaen samalla märkää pyyhettä kämmenillään. Pyyhe oli hetki aiemmin ollut kylmän veden kastelemana miellyttävän viileä, mutta nyt viilentävä vaikutus oli tiessään. Haaleat vesipisarat tippuivat harvakseen olohuoneen karvaiselle matolle. Ninan kyynärvarret nojasivat raskaina reisiin ja hartiat olivat painuneet kasaan. Nuoren naisen olemus oli aivan muuta, kuin ryhdikäs. Hänen väsynyt tyhjä katseensa oli lukittautunut jonnekin kaukaisuuteen. Tuossa tilassa hän ei varmasti olisi huomannut, vaikka joku olisi istunut hänen viereensä taikka ympärillä olisi syntynyt sota. Hän oli vaipunut syvälle omiin ajatuksiinsa.

3

Nuori mies hakkasi tietokoneen näppäimiä, kuin hurmoksessa. Hän ei huomannut, kuinka hänen vierellään sängyllä istunut nuori nainen asetti jalkansa ristiin samalla tuijottaen ihailevasti tuota omaan maailmaansa syventynyttä hahmoa. Mies oli epäsiistin oloinen nuhruisessa kirjavassa villapaidassaan sekä tumman rasvoittuneen puolipitkän tukkansa roikkuessa kasvojen edessä. Suuret metalliset silmälasinkehykset likaisineen linsseineen olivat valahtaneet puoleenväliin nenänvartta. Nuori mies tönäisi niitä etusormellaan ylöspäin keskittyneesti työhönsä, eikä varmaan edes itse tiedostanut automaattisesti toiminutta liikettään. Jalassa miehellä oli harmaat likaiset verryttelyhousut. Jalkateriä peittivät rikkinäiset vihreät villasukat, jotka olivat venyneet ja nukkautuneet muodottomiksi. Sukat eivät istuneet miehen jaloissa hyvin, vaan niiden kantapäät olivat valuneet jalkaholvin kohdalle. Näytti siltä, kuin sukat olisivat halunneet paeta ja jättää isäntänsä kipristelemään paljaita varpaita ilman heidän suomaa lämpöä. Asunto oli nuhruinen ja vetoisa yksiö tammikuun pakkasten narisuttaessa kylmiä nurkkia. Vuokra ei ollut suuri, mutta ylihinnoiteltu tasoonsa nähden. Vessa ja keittokomero olivat vierekkäin. Melkein pöntöllä istuessaan olisi voinut samalla sekoittaa puurokattilaa liedellä. Nainen oli nuorempi ja hyvin huoliteltu. Hänen olemuksensa oli ryhdikäs ja itsevarma. Hän oli hyvin kaunis suurine sinivihreineen silmineen. Nuo kirkkaat eloisat silmät tarkkailivat miestä, kun tämä äkkiä ponnahti ylös tuoliltaan.

"Nina! Nyt mä sain sen valmiiksi! Se on siinä."

Mies läimäytti kämmeniään yhteen.

"Näytä. Näytä minulle Kim, miten se toimii."

Nina nousi seisomaan kurkistaen uteliaana kohti tietokoneen näyttöä.

"Sit ku. Sit, kun mua ei enää oo, voit keskustella mun kaa tään kautta. Vittu, sit mä oon koko ajan pilvessä!"

Kim haroi sotkuisia hiuksiaan sormillaan taakse kohti takaraivoaan ojentaen sen jälkeen kätensä suoraksi kohti tietokoneen näyttöä nauraen huomatessaan, kuinka kohtalo oli ivaillut hänelle pilvi- vitsillään.

"Kerro miten se on mahdollista? Kuinka voisin saada sinuun silloin yhteyden?"

Nina istui tietokoneen eteen ja katsoi ruutua kallistaen päätään hieman oikealle, samalla hän siristi silmiään.

"Nina, sä voit laittaa luomalleni koneelle viestin tai vaik soittaa sille. Mun ääneni, ajattelutapani sekä kirjoitustyylini on tallennettu tähän laitteeseen. Tää kone tai oikeestaan ohjelma, nimetään se nyt vaik, KimChat, niin sä voit sit, ku sen aika on, ladata "mut", eli aktivoit sen vain ja mä oon taas täällä."

Kim nappasi nopeasti tumppeja täynnä pursuavasta tuhkakupista puoleksi poltetun marisätkän sytyttäen sen loppumaisillaan olevalla nestekaasusytyttimellä. Hän joutui ravistamaan useasti sytytintä, ennen kuin se suostui antamaan pienen liekin itsestään.

"Mutta miksi minä tarvitsen koko KimChattiä? Ethän sinä mihinkään ole lähdössä?"

"Koskaan ei tiiä. On asioita, joille ei vaan voi mitään."

Kim heittäytyi sängylle selälleen vedellen viimeisiä henkosia sätkästään. Hänen silmänsä painuivat kiinni ja Nina tiesi, ettei Kim enää jaksaisi keskustella hänen kanssaan. Hän tiesi veljensä pahenevasta huumeriippuvuudesta sekä sen tuomista äkillisistä mielialojen vaihteluista. Hetkessä innostus laantuu totaaliseksi passiivisuudeksi tai sitten toisinpäin. Kimin ajatukset olivat muuttuneet hyvinkin arvaamattomiksi. Muutos oli tapahtunut nopeasti, eikä Nina pystynyt estämään Kimin luisumista kohti surmansuuta. Tämä aika oli

Ninalle ristiriitaista aikaa, sillä kaksi hänen rakastamaansa miestä eivät voineet sietää toisiaan. Samuel oli juuri astunut Ninan elämään, eikä Kim ollut Samuelin suosikkilistalla. Samuel piti Kimiä vain surkeana luuserina.

Marisätkä Kimin sormien välissä savusi yhä. Kim oli nukahtanut. Varovasti Nina otti sätkän ja tumppasi sen vanhojen tumppien päälle tuhkakuppiin. Ennen kuin hän poistui asunnosta, hän peitteli Kimin nuhruisella tummansinisellä viltillä.

Seuraavana päivänä Kimistä ei kuulunut mitään. Nina oli tottunut siihen, että Kim ei useaan päivään ilmoitellut itsestään. Joskus saattoi vierähtää viikko, jos toinenkin, ennen kuin hän sai taas yhteyden Kimiin. Oli kulunut viisi päivää, eikä kukaan ollut nähnyt taikka kuullut Kimistä pihaustakaan. Naapuritkin olivat panneet asian merkille, sillä yleensä jossakin vaiheessa musiikki on soinut miehen asunnossa, ehkä liiankin lujaa vuorokauden aikaan katsomatta. Nyt asunto oli ollut "kuoleman" hiljainen. Talonmiehen avustuksella Nina vanhempineen sai asunnon oven auki. Vanhemmat eivät suostuneet tulemaan asuntoon sisälle, joten Nina astui yksin Kimin pimeään ja kylmään huoneistoon. Heti asuntoon astuessaan Nina aisti tilanteen vakavuuden. Kim oli yhä sängyllä tummansinisen viltin alla, jolla Nina oli veljensä peitellyt. Kauhuissaan Nina tajusi, että hän oli ollut viimeinen ihminen, joka oli Kimin kanssa jutellut. Tuo oli Ninalle liikaa. Hänen oli pakko juosta ulos asunnosta raittiiseen ilmaan. Myöhemmin poliisit olivat löytäneen asunnosta lattialta sängyn ja pöydän välistä ruiskun, jossa oli ollut erittäin vahvaa ja huonolaatuista heroiinia. Lääkäri oli todennut Kimin saaneen anafylaktisen sokin, joka oli johtanut myöhemmin kuolemaan. Kimin verestä oli myös löydetty merkkejä alkoholista. Tuolloin Nina ei sitä uskonut, mutta hän oli Kimin kuolemasta niin järkyttynyt, ettei jaksanut kyseenalaistaa teoriaa. Hän ei muistanut, että Kim olisi nauttinut hänen läsnä ollessaan alkoholia. Myöhemmin Nina oli asian nostanut esille haluten, että asia selvitettäisiin. Kukaan ei kuitenkaan antanut Ninalle tukeaan asiassa. Tutkimusta ei nähty tarpeelliseksi käynnistää. Ajansaatossa hän itsekin luopui ajatuksesta. Kaikkien tahojen lopullinen näkemys asiasta oli, että hänen veljensä todettiin kuolleen sekakäyttäjänä yliannostukseen.

Mutta oli olemassa yksi asia, jota Nina ei unohtanut. KimChat.

4

Märkä keittiöpyyhe Ninan käsissä oli tiputtanut suurimmat pisaransa olohuoneen karvaiselle matolle. Pyyhe oli alkanut jo kuivumaan rypistäen Ninan kämmenien ihon kurttuiseksi. Hän laskosti pyyhkeen nätiksi neliöksi laskien sen keittiön tason päälle jatkaessaan verkkaista kulkuaan kohti pesuhuonetta. Elämä oli kasautunut naisen harteille painaen häntä kasaan. Elämä oli kuin isoperseinen satakiloinen vanha akka, joka oli istunut nyt Ninan harteille nauraen samalla irvokkaasti paljastaen suustaan huonokuntoiset hampaansa. Käveleminen eteenpäin tuon taakan alla oli miltei mahdotonta. Jokainen askel tuntui kipeältä Ninan jaloissa. Kipu ja paineen tuoma rutistus tuntui kaikissa nivelissä. Pesuhuoneen ovi ei lähestynyt, vaan se loittoni askel askeleelta. Lattia oli muuttunut juoksuhiekaksi ja Ninasta tuntui, kuin hänen jalkansa olisivat uponneet hiekkaan. Hiekka ylettyi nyt yli nilkkojen. Hän eteni hitaasti kohti määränpäätä. Vihdoin pesuhuoneen oven kahva oli hänen edessään. Siihen tarttuminen oli kuin suuri voitto. Se oli kuin pelastusrengas vedenvaraan joutuneelle uimataidottomalle, joka oli jo uskonut hetkensä koittaneen. Mielikuva kaikkosi Ninan päästä, kun hän astui sisään pesuhuoneeseen. Kulhomaisen pesualtaan yläpuolella olevasta peilikaapista hän otti esiin valkoisen särkylääkepurkin. Purkin vieressä oli lääkärin kirjoittamat unilääkkeet sekä mielialalääkkeet. Hetken Nina jäi katsomaan noita lääkerasioita. Ohikiitävän hetken hän pohti kumoavansa kaikki lääkkeet suuhunsa huuhdellen ne lasillisella vettä alas kurkustaan. Kaikki olisi sillä ratkaistu. Tuska, kipu sekä jatkuva taisteleminen pelkästä olemasta olostaan loppuisi. Se olisi siinä.

"Ei helvetti. Ei ainakaan vielä. Minulla on asioita paljon vielä kesken."

Särkylääke laskeutui alas veden kera Ninan nielusta. Hän pysähtyi katselemaan omia kasvojaan peilistä. Arvet silmäkulmissa sekä vasemmassa poskessa olivat Samuelin aikaansaannoksia. Ne olivat hieman jo haalistuneet, mutta Ninan mielessä ne eivät haalistuneet koskaan. Hän tunsi kouristuksen vatsassaan, aivan kuin vauva olisi jälleen liikkunut kohdussa. Sehän oli tietenkin mahdotonta, sillä Ninan menettäessä vauvansa, hänen kohtunsakin oli repeytynyt ja se oli jouduttu poistamaan. Se mitä silloin sattui, ei ollut totta. Totuus oli aivan toisenlainen. Nina kosketti olematonta vatsaansa, samalla hän istui takanaan olevalle kylpyammeen reunalle. Kädet tunnustelivat epätoivoisesti vatsanpeitteitä. Näytti siltä, kuin hän olisi toivonut tuntevansa lapsen liikkeet jälleen.

5

"Ei helvetti. Miten sinä luulet, että lapsi olisi nyt tervetullut ja että minulla olisi aikaa tämmöiseen perhehömpötykseen. Minun täytyy luoda uraa ja saada rauhassa keskittyä tulevaisuuteeni. Etkä sinäkään voi hyvin. Ehkä, sanon *ehkä*, vuoden tai kahden kuluttua lapsi olisi mahdollinen."

Nuo olivat Samuelin sanat kuullessaan Ninan raskaudesta. Ei Ninakaan ollut vielä valmis äidiksi, mutta lapsi oli tulossa ja se oli Ninalle alku hämmennyksen jälkeen kuitenkin mieleinen yllätys. Hieman myöhemmin Samuelkin oli asiaan suhtautunut positiivisesti, vaikkakaan hän ei antanut Ninan ostaa vauvalle vaatteita, eikä muutoinkaan halunnut ryhtyä valmistamaan kotia lapsen saapumiseen. Samuel oli vain todennut, että ei voinut tietää kumpi lapsi olisi, tyttö vaiko poika, jolloin hankitun pinnasängyn väri tai valmiiksi ostetut vaatteet määrittäisivät sukupuolen turhaan. Samuel ei halunnut ajatella neutraaleja värejä vaihtoehtona ollenkaan, ne eivät tulleet kysymykseenkään. Selityksenä asialle oli myös se, että hän oli hieman taikauskoinen, eikä uskaltanut luoda onnea ympärilleen, ennen kuin lapsi olisi todella kodissa. Ei Samuel muutoin tuonut hänen taikauskoisuuttaan koskaan esille tai edes antanut viitteitä moiselle. Päinvastoin Nina oli huomannut, että Samuel nauroi ja piti kyseisiä asioita heikkojen ihmisten höpötyksinä. Kaikki nämä selitykset oli Nina tuolloin uskonut tai ehkä hän tuolloin halusi uskoa ne. Silloin niillä ei Ninalle ollut suurta merkitystä, sillä olihan hänestä tulossa äiti. Odottamaton käänne Samuelin myönteiselle suhtautumiselle tulevaa perheenlisäystä kohtaan oli sattunut sen jälkeen, kun hän oli sattumoisin työmatkallaan tavannut Saran miehen Tomin. Tarkalleen Nina ei tiennyt mitä tapaamisessa oli miesten välillä tapahtunut, mutta myöhemmin oli selvinnyt, että Samuel ja Tom olivat tavanneet useasti tuon jälkeen. Asia oli tullut esiin, kun Nina oli ottanut yhteyttä Saraan, joka ei myöskään ollut miesten tapaamista kummoisemmin perillä. Silloin Nina oli alkanut epäillä, että jotain kummaa oli käynnissä. Aikaisemmin Samuel ei ollut piitannut ollenkaan Ninan sukulaisista ja nyt Tom oli astunut vahvasti miehensä elämään. Selityksenä Samuelin muuttumiselle Nina päätteli, että Samuelin isälliset vaistot olisivat heränneet Tomin vaikutuksesta. Olihan Tom esimerkillinen isä ja vielä lastenlääkäri. Tuohon päätelmäänsä Nina oli erittäin tyytyväinen. Kaikki sujui hyvin, kunnes Nina alkoi voida pahoin päivittäin.

Raskaus oli edennyt jo seitsemännelle kuulle. Pahoinvointi yleensä kuuluu raskauden alkuun, ei loppuun. Pahoinvointi oli vielä niin raju, että Nina ei jaksanut tehdä päivittäisiä toimiaan. Hän makasi sängyssä Samuelin huolehtiessa hänestä. Nina ei jaksanut edes ihmetellä miehen hoivaviettiä. Ninan vointi romahti, eikä hän muista kuinka ja miten hänelle oli tehty keisarinleikkaus. Kuukauden verran hän oli ollut vuoteen oma, kunnes hän oli menettänyt tajuntansa heräten jälleen sairaalasta. Hän ei pystynyt luomaan selkeää mielikuvaa sairaalasta tai hoitohenkilökunnasta. Hetken hän oli hereillä huomaten olevansa ilmeisesti leikkaussalissa, tuon havainnon jälleen hän oli menettänyt jälleen tajuntansa. Kaikki tuo oli tuntunut Ninasta unelta, varsinkin, kun hän oli tajuihinsa tullessa jälleen omassa vuoteessaan kotona. Herääminen oli ollut shokki, sillä kylmästi ilmeettömänä Samuel oli ilmoittanut Ninalle, että lapsi oli kuollut. Istukka oli irronnut, eikä lasta voitu enää pelastaa. Ninan oma henki oli ollut myös vaakalaudalla. Vaarallinen sisäinen vuoto oli saatu tyrehtymään ajoissa taitavan lääkärin ansiosta. Enempää asiasta ei Samuel suostunut kertomaan, eikä asiasta enää heidän välillään puhuttu. Samuel etääntyi jälleen, eikä hän enää huomioinut Ninaa, vaan Nina sai pärjätä omin voimin. Ainoa asia mistä Samuel oli hyvin tarkka

Ninan paranemisen suhteen, oli lääkärissä käynnit. Lääkäri, jonka Samuel oli palkannut hoitamaan Ninaa, oli hieman omituinen. Hajamielisyys sekä levoton käytös lisättynä epäselvällä puheella ei herättänyt suurta luottamusta tuossa suoraa katsekontaktia väistävässä lääkärissä. Lääkärin nimi jäi Ninalle mieleen seinällä olleista diplomeista. Miehen nimi oli Peter Henriksson. Kaikesta noista lääkärin kummallisista ominaisuuksista huolimatta kaikki sujui moitteettomasti ja Ninan kunto fyysistesti koheni nopeasti. Yllättävän nopeasti. Henkinen haava oli syvä ja Nina tiesi, ettei tuo haava parane koskaan. Yksinäisyys, suru ja ikävöinti menetettyä veljeään kohtaan kasvoi Ninassa niin suureksi, että hän päätti lapsen menetyksen jälkeen aktivoida KimChatin. Se oli ratkaiseva käänne. Käänne, josta alkoi Ninan toinen elämä, salattu elämä.

6

Tuo kaikki tuntui Ninasta kaukaiselta, vaikka aikaa lapsen menetyksestä oli kulunut vain kaksi vuotta. Hän tunsi itsensä muuttuneen ja vanhentuneen. Lapsen menetys oli kovettanut hänet sisäisesti. Kaikki se valhe ja petos, joka hänelle selvisi jälkeenpäin, vahvisti hänen itsetuntoaan. Suuri ja korvaamaton apu saapui yllättävältä taholta.

"Nyt on aika lopulliselle ja viimeiselle vaiheelle."

Epävarmat vapisevat kädet irtosivat vatsan päältä muuttuen vahvoiksi, varmaotteisiksi tarttuessaan ammeen reunasta. Nina katsoi hetken itseään peilistä ja huomasi, kuinka hetki sitten peilistä oli katsonut kärsivä murtunut nainen takaisin, mutta nyt tuo nainen oli vaihtunut itsevarmaksi päättäväiseksi ihmiseksi. Naisen silmät eivät olleet enää alistuneet, vaan täynnä uhmaa. Astuessaan kohti pesuhuoneen ovea, askeleet olivat vahvat, eikä lihava akka enää istunut hänen harteillaan irvistelemässä. Ylvään ryhdikkäästi hän asteli keittiöön kumartuen kaapin alaosan kohdalle, josta aikaisemmin hän oli pelännyt salaisuuden karkaavan. Kaapin alahyllyn päällä olevat jauhopussit hän nosti huolellisesti tason päälle. Nyt hänen olonsa oli vakaa, eikä hän tuntenut oloaan hermostuneeksi. Alahyllyn taso irtosi vaivatta. Se paljasti kätketyt aarteensa. Nina tarttui pieneen peltiseen rasiaan. Hän aukaisi kiiltävän rasian kannen, jonka sisältä löytyi puhelin. Se ei ollut aivan tavallinen älypuhelin, vaan se muistutti pienikokoista kannettavaa tietokonetta. Nina aukaisi mustan kannen, jolloin laite käynnistyi automaattisesti. Ruutuun ilmestyi tervehdys.

"No niin Nina. Kerro mulle."

Nina alkoi kirjoittaa vastausta.

"Olen valmis."

Laite kysyi häneltä.

"Ootko varma?"

"Kyllä."

"Oukki. Nyt alkaa operaatio Niskarusetti."

Nina katsoi tekstiä hieman kysyvästi.

"Kim, vielä yksi kysymys. Kuka keksi tuon operaation nimen?"

Kursori vilkkui hetken paikoillaan, kunnes se kirjoitti nimen.

"Miro."

7

Odotushuone oli viihtyisä. Kevään ensimmäiset auringon säteet valaisivat huoneen suuren ikkunan kautta. Ikkunassa oli suuret pystyasennossa olevat paneeliverhot, joiden välistä auringon valo pääsi luomaan tunnelmaa huoneeseen. Verhot olivat tummat ja aseteltu huolellisesti peittämään suoran näkymän kadulle tai lähinnä kadulta sisälle. Seinät olivat rauhoittavan vaaleanharmaansävyiset. Väriä seinille antoivat kaksi suurta maisemataulua. Toisessa taulussa avautui maisema hiekkarannalle, jossa pilvettömän taivaan alla kaksi palmua oli kasvanut viistosti samaan suuntaan. Viereisen seinän taulussa riippusilta kulki suuren rotkon yli. Sillan ensimmäisillä askelmilla vastakkain seisoi kaksi ihmistä, jotka katselivat sillan yli toisiaan. Taustalla avautui jylhä vuoristomaisema aina lumisine vuoren huippuineen. Kasveja huoneessa ei ollut. Ainoastaan korkealla laipionrajassa kiemurteli viherköynnös. Nina epäili sen aitoutta, sillä ainuttakaan kuollutta tai lattialle tipahtanutta lehteä hän ei huomannut. Odotushuoneen nurkassa oli pieni pöytä, jolle oli asetettu

34

lasikannu valkoisen lautasen päälle. Kannun vieressä oli torni valkoisia pahvimukeja päällekkäin odottamassa omaa vuoroaan. Vuoroaan palvella janoista asiakasta. Kannu oli täynnä vettä ja veden pinnalla oli kerros jäämurskaa. Jäämurskan seasta Nina erotti kaksi palaa sitruunan viipaleita, jotka olivat hieman limittäin toistensa päällä. Hänen katseensa pysähtyi noihin kahteen toisiinsa liimautuneeseen sitruunan siivuun, joita raikas jäämurska kannatteli kylmässä syleilyssään. Samankaltainen näky piirtyi hänen muistoistaan vuosien takaa vieden hänet hetkeksi mukaan rakkauden ja huolettomuuden vallitsemaan lomaan Samuelin kanssa. Se oli heidän ensimmäinen yhteinen lomansa. Takaumassa Samuel sekoitti voimakkaasti juomaansa mustalla juomapillillä, jonka baarimikko oli sujauttanut lopuksi valmiiseen cocktailiin. Voimakas, miltei raju sekoitus sai nuo "toisiinsa rakastuneet" lime hedelmän siivut irtaantumaan toisistaan.

– Kyllä, siivut olivat sitruunan sijasta lime viipaleita Samuelin juomalasissaan.

Nina miltei ajatteli tuon yksityiskohdan ääneen.

Samuel oli rento sekä erittäin hyväntuulinen. He nauroivat katketakseen huvittaville päivän aikana sattuneille tapahtumille. Viimeiset iltaauringon säteet tavoittivat vielä rantaravintolan terassin. Haikeana Nina tiesi, että nuo illan viimeiset säteet päättäisivät pian loistavan, ihanan aktiivisen lomapäivän.

Toinen hoitohuoneen ovista avautui. Ovelle ilmestyi raamikas siilitukkainen mies ystävällinen ilme kasvoillaan. Ninan mielestä oli aina niin rauhoittavaa pelkästään nähdä Miro.

"Hei Nina. Mitä kuuluu?"

Miro ojensi rauhallisesti vasemman kätensä kohti pientä hoitohuonetta antaen tuolla vaatimattomalla eleellään Ninalle sanattoman pyynnön astua sisään huoneeseen.

"Hei Miro. Ei kurjuutta kummempaa."

Nina vitsaili omaa kohtaloaan samalla riisuen aurinkolasit silmiltään. Lasit olivat suurikokoiset peittäen Ninan tumman silmän. Jälleen tuo julmuus paljastui Mirolle. Miro näki, kuinka oikeaa silmää reunusti tumman kirjava kehys. Miehen kasvot kalpenivat ja hänen huoleton olemuksensa oli poissa. Hän sulki oven Ninan astuttua sisään huoneeseen.

"Mitä minä sanoisin. Milloin jätät sen surkean paskiaisen?"

Miro taisteli raivon sekä surun välimaastossa, eikä pysynyt hallitsemaan käsiensä tärinää. Miro oli jähmettynyt paikoilleen, kuin vahanukke. Nina kosketti Miron kättä lempeästi kuiskaten samalla hiljaa.

"Miro. Ei minulla ole hätää. Pian kaikki on ohi."
Tuo oli viimeinen kerta, kun Nina oli Miron asiakkaana. Samuel oli tietoinen jokaisesta tapaamisesta. Hän oli asentanut seurannan vaimonsa puhelimeen. Nina tiesi asiasta ja hän ymmärsi myös, että Samuel pystyi kuulemaan heidän keskustelunsa puhelimen välityksellä. Hiljaisena Nina ojensi Mirolle kirjeen nostaen samalla etusormen huulillensa. Sitten hän totesi kuuluvammalla äänellä.

"On parempi, että en ole enää asiakkaasi. Minä toivotan sinulle erittäin hyvää alkavaa kevättä ja kiitän sinua kaikesta. Älä kysy mitään. Näin on parempi."

Miron ilme oli hämmentynyt. Nina vain nyökkäsi kohti kirjettä pitäen jälleen sormea huuliensa edessä. Sitten nainen laittoi aurinkolasit jälleen silmiensä peitoksi ja poistui huoneesta Miron jäädessä pitelemään Ninan antamaa kirjettä. Sekavat ja ristiriitaiset tunteet riepottelivat Miron sydäntä hänen rinnassansa. Kyyneleet alkoivat väkisin valua hänen poskillensa, vaikka hän kuinka yritti taistella niitä vastaan.

8

Kimin kuoleman jälkeen miehen asunto oli Ninan ja heidän äitinsä määrä tyhjentää. Nina joutui suorittamaan asunnon tyhjennyksen yksin, sillä hänen äitinsä kunto oli romahtanut, eikä hän jaksanut käydä läpi uudelleen poikansa olematonta ja retuperäistä elämää tämän ahdistavassa asunnossa. Nina ymmärsi hyvin tilanteen, eikä vaatinut äidiltään enempää. Eihän Kimillä ollut oikeastaan mitään suurempaa omaisuuttakaan. Asunto oli erittäin pieni, eikä huonekalujakaan ollut kuin vanhat, resuiset kaatopaikalle suoraan vietävät sänky, tuoli ja pöytä. Vaatepareja Kimillä ei ollut montaa. Ainut asia minkä Nina otti itselleen, oli veljensä kannettava tietokone. Vielä ovella Nina kääntyi katsomaan tyhjää asuntoa ja kuvitteli mielessään Kimin istuvan pienen pöydän ääressä kumartuneena tietokoneen näppäimistön ylle.

"Nähdään vielä veli."

Hiljaa nuo sanat lausuen Nina sulki oven viimeisen kerran.

Kimin nuhruinen tietokone oli unohtunut Ninan vaatekaapin uumeniin, kunnes hänen kaipuunsa veljeään kohtaan oli kasvanut lapsen menetyksen myötä niin suureksi, että hän halusi tutkia Kimin tietokoneen sisältöä tarkemmin. Tuolloin hän muisti myös KimChatin. Oliko Kim todellakin luonut toimivan ohjelman, jolla hän saisi jälleen yhteyden veljeensä? Kone kysyi luonnollisesti salasanaa. Nina joutui miettimään veljensä sielunmaisemaa hieman tarkemmin. Hän palasi ajassa taaksepäin lapsuuteen, jossa he Kimin kanssa olivat kilpaa keksineen toisillensa mitä erikoisempia lempinimiä. Useamman kokeilun jälkeen Nina luovutti. Hän tuijotti ruutua, eikä pystynyt enää muistamaan yhtään mahdollista lempinimeä. Hänen ajatuksensa alkoivat kiertää ympyrää, kunnes kaukaa muistojen syövereistä alkoi soida vanha oman aikansa hitti kappale, jota hän oli noin kymmenen vanhana ahkerasti soittanut vanhempiensa levysoittimella. Kim oli esittänyt soittavansa kitaraa, kun Nina oli taas esiintynyt solistina. Tuo tarttuva kappale oli kahdeksankymmentä luvulta kuusi vuotta ennen Berlinin muurin purkamista sekä saksojen yhdentymistä ilmestynyt nuorison parissa hyvin suosittu Nenan Neunundneunzig Luftballons. Salasanan aukeamaan Nina kirjoitti tekstin: "99Luftballons". Kone alkoi ladata tiedostojaan. Työpöydälle ilmestyi kymmeniä kansioita. Nina selaili läpi useita tunteja Kimin kokoamia tiedostoja. Kimin kirjoittamissa teksteissä ei

Ninan mielestä näyttänyt olevan minkäänlaista järkeä. Yksi kansio pisti hänen silmäänsä poikkeavuudellaan. Kyseisen kansion nimi jo yksinkertaisuudellaan herätti Ninan huomion. Kansio oli nimetty lyhyesti vain "avaimeksi". Aukaistuaan kansion Nina huomasi, että se olikin jonkinlainen kääntäjä. Kim oli pitänyt kaikenlaisesta leikittelystä kirjoittamiseen liittyen, joten Nina ymmärsi heti, että hänen oli vain löydettävä kääntäjään tarkoitettu teksti kymmenien kansioiden joukosta. Haaste oli kova, sillä Kimin kirjoittamat tekstit olivat vaikeasti luettavia. Kaikkien kansioiden lopussa oli muutama kysymys koskien kirjoitusta. Tämäkin oli yksi Kimin luoma testi. Jos osasit tulkita tekstin oikein ja vastata kysymyksiin, oikeat vastaukset olivat portti varsinaiseen kansion sisältöön.

"Tyypillistä. Hyvin tyypillistä sinulta Kim."

Nina hymyili ja jatkoi kansioiden tutkimista. Ilta alkoi kääntyä yöhön ja Samuelin lento oli jo laskeutunut. Mies olisi pian kotona. Ninalle iski kauhunsekainen paniikki saada Kimin kone takaisin salaiseen piiloonsa. Samuel ei missään nimessä saisi tietää asiasta, muutoin Kimin kone olisi tuhoon tuomittu, samoin Ninakin.

Kimin tietokoneen tutkimukset jatkuivat useita viikkoja, eikä Samuel aavistanut vaimonsa salaisesta projektista mitään. Nina varoi kaikin keinoin, ettei hän vahingossakaan maininnut veljeään tai viitannut olemuksellaan mitenkään poissaolevalta. Oikeastaan tuo aika tuntui olevan heidän suhteessaan seesteinen ja rakentava, vaikka Ninan täytyi kaikin voimin pinnistää, että hän vaikutti läsnäolevalta. Samuel oli hyvin rauhallinen ja jopa ajoittain herttainen Ninaa kohtaan. Se tuntui Ninasta hyvältä, vaikka hän itse ei pystynyt vastaamaan Samuelin hellyyteen yhtä rentoutuneena. Mies oli jälleen työlennolla, kun Nina lopultakin alkoi saada kiinni Kimin ajatuksesta. Hän aavisti, että kaksi erillistä kansiota liittyisivät olennaisesti toisiinsa. Kansioiden nimet viittasivat yhtäläisyyteen. 1.3K sekä 2.4N. Nina aloitti kansiosta 1.3K. Se näytti aivan hullunkuriselta. Teksti oli sekoitettu, eikä sen sisällössä ollut mitään järkeä. Kirjoitus oli yhtä sekamelskaa. Välissä näkyi sanoja, jotka olivat kirjoitettu isoin kirjaimin. Nina aukaisi kansion 2.4N. Samoin, kuin edellinen kansio, teksti oli aivan järjetöntä. Vaikka kuinka Nina yritti saada ymmärrettävyyttä kirjoituksen sisältöön, sanat olivat aivan irrallisia ja jäivät vaille mitään merkitystä. Nina asetti kansioiden tekstit tietokoneen näytölle rinnakkain ja nousi seisomaan katsoakseen tuota sanojen sekamelskaa kauempaa. Hän hieroi hetken silmiään, kuin saadakseen silmänsä näkemään kokonaisuuden tarkemmin. Isoilla kirjaimilla kirjoitetut sanat alkoivatkin saada pian suuremman roolin tuosta valkoiselle pohjalle syötetystä mustasta sanaviidakosta. Ninasta alkoi tuntua siltä, kuin hän olisi tehnyt vuosisadan merkittävimmän löydöksen. Havainnon, joka kääntäisi vielä ihmiskunnan olemassaolon merkityksen suunnan kohti uutta ulottuvuutta. Nina alkoi poimia suurella kirjoitetut sanat talteen tietokoneen vierellä olevalle paperille. Sanat, jotka hän sai kirjoitettua molemmista kansioista näkyvät nyt selkeästi.

AKTIVOI
TIEDOSTO
UNIVERSUM
KOODILLA
IKUISUUS99
KÄYNNISTÄ
PAINAMALLA
NUMEROA
YHDEKSÄN

Siinä se näkyi. Selvä ohje. Nina oli nähnyt tiedoston Universum, mutta ei tietenkään osannut aikaisemmin syöttää oikeaa koodia. Nyt tilanne oli jännittävä. Hän pääsisi lopultakin Kimin salaisuuksiin käsiksi. Nina tunsi vilunväreiden kulkevan pitkin selkärankaa nostaen aaltomaisella etenemisellään hentoiset ihokarvat pystyyn, kuin sotilaat, jotka käskyn saatuaan nousevat puolustamaan isänmaataan hyökkääjiltä. Hieman oudolta yksi asia kuitenkin Ninasta tuntui, miksi numero yhdeksän oli Kimille erittäin tärkeä. Mikä tuolla numerolla oli ollut merkityksenä Kimin elämässä. Se ei viitannut millään tavalla edes hänen tai veljensä syntymäaikaan tai edes siihen, että se olisi ollut Kimin lempinumero. Nina muisti, että Kim oli sanonut hänelle, ettei numeroilla ollut hänelle mitään erityistä merkitystä, eikä mikään numero olisi erityisen tärkeä. Silti tuo numero yhdeksän toistui nyt poikkeuksellisen vahvasti. Asia jäi vaivaamaan Ninaa. Hän päätti tutkia hieman numerologiaa. Netti tarjosi useita selityksiä. Yksi kirjoitus kertoi, että erään salaisen opin mukaan numero yhdeksän on pyhäluku ja että vapaus tai muutos on saavutettavissa tämän luvun hallittavuudessa. Teksti mainitsi myös, että vanhan kirjan mukaan numero yhdeksän on olevaisen ja tulevaisen pyhäluku. Kirjoitus hämmästytti Ninaa.

"Minkä vanhan kirjan mukaan? Aivan höpöä, olevainen ja tulevainen. Pyh!"

Kuitenkin kaiken tuon epäilyn sekä huvittuneisuuden tunteiden vallassa, hän halusi tutkia asiaa lisää. Numero yhdeksän liitettiin tutkimuksissa uudelleensyntymiseen sekä numeroihin kaksi ja seitsemään. Värit puneinen, valkoinen ja sininen tulivat usein myös esiin Ninan tutkiessa selityksiä numero yhdeksälle. Hänen mielenkiintonsa hiipui mokomaa numeroa kohtaan, eikä hän uskonut sillä olevan mitään erityistä merkitystä Kimin ajatuksissa. Tiedosto Universum odotti. Ohjeiden mukaan Nina kirjoitti koodin sekä painoi lopuksi tuota ihmeellistä numeroa yhdeksän. Kone alkoi surista. Keskellä näyttöä punaisesta, valkoisesta ja sinisestä koostuva pallo pyöritti hitaasti pientä ympyrää Ninan hämmästykseksi. Värit näyttivät olevan juuri nuo kolme kyseistä väriä. Ninan täytyi siristää silmiään ja kumartua lähemmäksi kohti näyttöä varmistaakseen näkemänsä. Juuri, kun hän oli työntänyt nenänsä melkein kiinni ruutuun, näytölle aukesi kuva Kimistä. Säikähdyksen vallassa Nina ponnahti tuoliltaan pystyyn kaataen tuolin kumoon, samalla itsekin kaatuen takamukselleen lattialle. Sydän tuntui tulevan Ninan rinnasta ulos ja aivan kuin hänen kätensä olisi pystynyt sen estämään, hän tarttui oikealla kädellään lujasti kiinni vasemmanpuoleisesta rintalihaksestaan. Kimin kasvot hymyilivät näytöllä. Aivan, kuin Kim olisi katsonut suoraan Ninaa silmiin. Varoen Nina nousi lattialta nostaen tuolin pystyyn. Hetken hän vielä katsoi Kimin liikkumattomia kasvoja, ennen kuin uskaltautui istua jälleen tuolille. Kuvaruutuun ilmestyi teksti.

– Kirjoita nimesi tähän: _____

Nina kirjoitti nimensä viivalle, joka oli ilmeisesti vielä varmistus sille, kuka koodin oli saanut käsiinsä.

"Jep oikee henkilö kyseessä. Moikka Nina!" Kimi alkoi puhua tyypillisellä tavallaan. Nina oli hieman järkyttynyt, eikä osannut tehdä muuta, kuin tuijottaa Kimiä.

"Kuule, jos sä haluut jutella, ni kirjoita tohon viivalle. Se on mun mielestä parempi, et sä kirjotat ja mä vastaan täältä."

Tyypillinen Kimin silmänisku vielä perään. Nina epäröi vielä hetken, kunnes sai kirjoitettua Kimille kysymyksen.

-Mistä "täältä" sinä vastaat minulle?

"No kato, mä oon täällä kyberavaruudes ja sä saat mut kiinni ton KimChatin kautta. Okey?"

-Miten ihmeessä se on mahdollista?

Nina kirjoittaa sormet kylminä jännityksestä sekä hieman pelostakin.

"Sä muistat, kun me nähtiin viimeisen kerran mun kämpillä?"

-Joo, muistan.

"No, mä sain silloin valmiiks tään KimChatin, eli mä laitoin mun identiteetin tähän koneeseen, eli se tarkottaa sitä, et kaikki mun ajattelutapa, puhetapa ja muu paska muhun liittyen on nyt ladattu ikuisesti verkkoon. Ja sä, systeri saat mut

45

ton KimChatin kautta aina kiinni. Eikö ooki makee juttu! Me voidaan jutella aina, ku sä haluut niin."

Hämmennys oli lievä sana siitä mitä Nina koki juuri tuolla hetkellä nähdessään kuolleen veljensä ruudulla puhumassa hänelle. Hän oli aikeissa sammuttaa tietokoneen, mutta uteliaisuus sai hänet valtaansa. Lopulta hän ymmärsi, miten nerokas Kim oli ollut. He keskustelivat pitkään toistensa kanssa Ninan huomaamatta ajankulumista. Ymmärtäessään, että Samuel saapuisi pian kotiin, Nina alkoi hätääntyä.

"Ei hätää systeri. Pistä mut talteen ja jutskataan taas myöhemmin lisää. Ok?"

Kim lohdutti ja rauhoitti levottomuuden valtaan joutunutta siskoaan.

-Ok. Nähdään pian. Kim, on ihanaa, että olet jälleen elämässäni. Tunnen, että olen paljon vahvempi, kun tiedän sinun olevan tukenani jälleen. Kiitos.

Yhteys oli tällä erää loppunut, mutta sisarusten yhteys oli jälleen olemassa.

9

Valkoinen kirjekuori, jonka Nina oli hetki sitten hoitohuoneesta poistuessaan Mirolle ojentanut, oli yhä miehellä kädessään. Miro oli jäänyt miettimään, miksi Nina oli ollut kovin salamyhkäinen. Tosin kyllähän Miro tiesi, että Samuel oli ilmeisesti seurannut Ninaa ja Ninan kertoman mukaan jopa kuunteli tämän puhelinta. Eihän se mitenkään mahdotonta ole, sillä mieshän oli sairas ja väkivaltainen. Todella vaarallinen tyyppi. Miro pelkäsi, että Samuel tekisi vielä ennemmin taikka myöhemmin suuren peruuttamattoman virheen. Sitä hän ei antaisi itselleen anteeksi, jos niin pääsisi käymään. Nina oli erittäin herkkä ja kaunis nainen. Miro ei ymmärtänyt, miksi kusipäiset tyypit aina saivat niin herttaiset ja kauniit naiset pauloihinsa. Olihan hänkin joutunut kokemaan pettymyksen, kun hänen ja Hannan suhde oli päättynyt Hannan lähtiessä linnasta päässeen Ronin mukaan. Roni, tuo kusipäitten kuningas, niin kuin Miro häntä luonnehti, oli pikkurikollinen ja luuseri. Mitä helvettiä Hanna oli ajatellut, kun hän oli kerännyt vaatteensa heidän yhteisestä asunnostaan sillä aikaa, kun Miro oli ahkeroinut opinnoissaan urheiluopistolla.

"Vittu, ihan sama sillekin luntulle."

Miro havahtui ajatuksistaan, kuin unesta katse yhä kiinnittyneenä Ninan ojentamassa kirjeessä. Tuo viehättävä nainen oli vaikuttanut Miroon syvästi. Mies oli valmis tekemään mitä vain, jotta Nina ei enää joutuisi kärsimään tuota julmaa kohtelua. Sydämen kiivaasti hakatessa Miron rinnassa hän aukaisi taitetun paperin.

Kirje oli kirjoitettu kauniilla ja selkeällä käsialalla.

Hyvä Miro

Voi olla, että en tapaa sinua enää. Olen ikuisesti kiitollinen sinulle niistä hetkistä, jotka kanssani jaoit. Pidän kovasti sinusta ja toivon, että löydät itsellesi mukavan ja herttaisen naisen. Olet sen ansainnut.

Ikuisesti sinun

Nina

Ps: Sinuun saatetaan olla yhteydessä taholta, joka voi aluksi olla sinulle shokki, mutta muista, olen luonasi, vaikka olisinkin kaukana...

Miron oli luettava kirje uudestaan. Hän rypisti otsaansa sekä siristi silmiään, kuin olisi nähnyt tuolla tavoin sanat paremmin. Mitä Nina tarkoitti kirjoittaessaan nuo sanat? Onko hän vaarassa ja tiesikö hän jotain, joka voisi olla hänelle kohtalokasta? Kuka on Miroon yhteydessä ja miksi? Näitä ahdistavia kysymyksiä Miro pyöritti mielessään. Hän tuli siihen tulokseen, että Nina oli vaarassa, mutta ei voinut sitä suoraan kirjeessä kertoa. Nainen pelkäsi takuulla, että Samuel saisi kirjeen jotenkin itselleen. Mutta kyllähän Nina pystyi luottamaan Miroon. Niin, no ei varmaan siitä ollutkaan kyse, vaan siitä, että Samuel oli niin kiero ja ovela, että pystyisi selvittämään asian muutoinkin.

"Hitto sitä miestä!"

Ajatukset Samuelista vakoilemassa häntä ja penkomassa hänen tavaroitaan täällä työpaikalla tai helvetti, hänen kotonaan saivat Miron raivon partaalle. Ajatus oli suorastaan hirveä. Hänen yksityisyytensä oli vaarassa. Vimmoissaan mies potkaisi tuolin edessään kumoon. Tuoli lennähti vasten ovea tehden siihen pienen kolmiomaisen loven.

"Helvetti, se mies saa vielä ansionsa mukaan!"

Miro mutisi puristaen kätensä nyrkkiin niin, että rystyset hehkuivat valkoisena. Ninan kirje rypistyi oikean käden lujassa otteessa.

10

Ravintolasta ulos pimeään ja kosteaan iltaan ilmestyi tummapukuinen hahmo. Mies vilkuili hermostuneena ympärilleen ennen, kuin astui taksin kyytiin. Samuel oli poistunut noin puolituntia sitten asunnostaan siististi pukeutuneena. Mies oli kävellyt suoraan asuntoa vastapäätä kadun toisella puolen olevaan pieneen ravintolaan, jossa hän odotti taksin saapumista siemaillen laimeaa viskiä pienen tammipöydän ääressä lähellä ikkunaa. Hän ei ymmärtänyt, miksi ravintolan omistaja ei ottanut valikoimaansa laadukkaampaa viskiä. Olihan hän monesti asiasta keskustellut omistajan kanssa, mutta pyyntö oli ilmeisesti mahdoton toteuttaa. Kun Samuel oli astunut kadulle ja suunnannut askeleensa kohti ravintolaa, oli Miro jo odottamassa Samuelia kadun varjoisessa kohdassa. Hän oli tarkkaillut etäältä Samuelin hermostunutta käyttäytymistä ravintolassa. Odotus sai myös Miron levottomaksi. Samalla, kun Samuel nousi taksin kyytiin ja istui mukavasti taksin takapenkille, Miro puhelin ilmoitti saapuneesta viestistä. Lopultakin hän sai kuumeisesti odottamansa viestin. Taksin lähtiessä liikkeelle, Miro sujautti puhelimen takaisin rintataskuun ja laski kypäränsä visiirin. Hän oli odottanut viestiä samalla tarkkaillen Samuelia mustan katukiiturinsa päällä. Uusi Kawasaki Z900 oli Miron ylpeydenaihe. Hän oli aina nauttinut vapaudentunteesta, jonka vain moottoripyörä oli hänelle pystynyt tarjoamaan. Vauhti ja vaarantunne saivat hänen adrenaliininsa kohoamaan. Noustessaan pyörän selkään hän oli aivan eri Miro, kuin tuo rauhallinen ja asiakasystävällinen hieroja. Nyt olikin kyseessä todellinen ja haastava tilanne. Tämä ei ollut mikään huviajelu, vaan eliminointikeikka, jonka päämääränä oli torakan listiminen. Tuo torakka Miron ajatuksissa oli Samuel. Kypärän alla Miron otsa alkoi kostua. Hän tunsi, kuinka RUGER pistooli ja siihen asennettu äänenvaimennin painoivat ikävästi mustan nahkatakin alla. Toisaalta hän oli hyvin päättäväinen operaatiostaan. Moottoripyörässä ei ollut kilpiä ja kaikki merkit hän oli teipannut mustalla teipillä piiloon. Pyörän väri oli pääosin vihreä, mutta nyt kaikki oli tummennettua. Hänestä eikä pyörästä saanut jäädä mitään tunnistettavaa näkyville. Vaatteet hän oli suunnitellut polttavansa operaation jälkeen syrjäisellä autiolla maatilalla. Ase takin alla oli Kimin hankkima. Myyjään Mirolla ei ollut mitään kontaktia. Hän oli vain noutanut sen sekä panokset Kimin ilmoittamasta paikasta. Mikään ei voinut mennä pieleen. Oli vain suoritettava tehtävä loppuun ja tuhottava todisteet. Kim oli ottanut Miroon yhteyttä soittamalla. Miro ei ensin ollut uskoa asiaa todeksi, mutta kun Kim oli saanut vakuutettua Miron siitä, että kyseessä ei ollut pila, vaan pelko siitä, että Nina oli todellakin suuressa vaarassa. Kim oli käskenyt Miron hankkia toisen puhelimen yhteydenpitoa varten. Näin heitä oli vaikea jäljittää ja yhdistää toisiinsa. Miro tiesi Kimin kuolemasta, mutta Kim oli kertonut, kuinka hän oli lavastanut kuolemansa ja salannut sen jopa siskoltaan. Näin hän oli toiminut vain siksi, että hän pystyi parhaiten varmistamaan rakkaan siskonsa turvallisuuden poistumalla niin sanotusti kokonaan pelistä. Nyt hän sai rauhassa toteuttaa suunnitelmansa tuhota tuo väkivaltainen aviomies. Samuel ei saanut missään nimessä päästä selville nerokkaasta suunnitelmasta ja siksi kaiken täytyi olla aidon sekä luonnollisen oloista. Niin luonnollista, kuin nyt näissä olosuhteissa se vain voi olla. Miro oli kyllä hieman epäröinyt, mutta Kim oli saanut hänet vakuuttuneeksi siitä, että pelkästään enää ei ollut Ninan turvallisuus vaakalaudalla, vaan Samuel oli saanut vihiä Miron osallisuudesta siihen, että Nina oli aikeissa hakea avioeroa. Sitä tuo väkivaltainen ja mustasukkainen mies ei tulisi unohtamaan.

Kosto olisi varmasti suuri nautinto, jonka Samuel olisi tuleva aikanaan toteuttamaan. Sitä Miro ei pystyisi pakenemaan. Tuo oli varmasti totta. Miro itsekin oli varma, ettei Samuel jättäisi asiaa sikseen, joten oli parempi, että he toimisivat ensin, ennen kuin olisi liianmyöhäistä. Kimin maalaamat kauhukuvat olivat alkaneet ahdistaa pakonomaisesti Miroa. Hänen oli todellakin saatava listittyä tuo torakka ja nyt oli koittanut sen hetki. Taksi kaartoi suuremmalle pääväylälle. Miro oli jättäytynyt hieman taemmaksi taksista, jonka taustalasi ja sivuikkunat olivat mustat. Liikennettä oli yllättävän paljon. Hieman Miro ihmetteli liikenteen paljoutta tähän vuorokauden aikaan. Ruuhkautunut liikenne pakotti Miron jäämään vielä kauemmaksi Samuelin taksista. Ärtymys alkoi kuumottaa Miroa ja hetkeksi hän jopa kadotti näköyhteyden kohteeseensa. Otsa kostui kypärän alla entisestään, eikä Miro halunnut enää odottaa. Hän alkoi puikkelehtia lähemmäksi taksia. Osa kuskeista, joiden eteen Miro röyhkeästi kiilasi, alkoi soittaa ärsyyntyneenä torvea. Heidän edessään avautui iso risteys. Taksi joutui pysähtymään valon vaihduttua punaiseksi. Miron käsi haparoiden hakeutui takin sisään tarttuen aseeseen. Nyt oli tullut tilaisuus, jota hän oli odottanut. Moottoripyörä pysähtyi taksin viereen, samalle puolen, jolle Samuel oli noussut matkan alettua. Musta lasi esti näkyvyyden sisälle taksiin, mutta Miro oli varma, että Samuel istui lasin toisella puolen. Ase Miron ojennetussa kädessä laukesi päästäen vain pienen äänen. Taksin tumma sivuikkuna helisi alas paljastaen samalla auton takapenkin, joka ammotti tyhjyyttään.

"MITÄ HELVETTIÄ!"

Miron suusta päässyt karjahdus säpsäytti häntä itseäänkin. Hänen oli nostettava kypärän visiiri ylös todetakseen, ettei Samuel ollut painautunut auton jalkatilaankaan. Enempää hän ei ennättänyt asiaa ihmettelemään, kuullessaan takanaan kovaäänistä käskytystä.

"LASKE ASE MAAHAN JA KÄDET NÄKYVILLE!"

Siviilipukuinen poliisi seisoi hänen takanaan. Taksikuski oli myös noussut kuljettajan paikalta osoittamaan aseella suoraan kohti Miroa. Miro ymmärsi, että hän oli ajanut suoraan ansaan. Rikosetsivä Henrik Peterson seisoi Samuelin vierellä tyytyväisenä katsellessaan Miron kiinniottoa. Miehet seisoivat kadun reunalla toisen, sen alkuperäisen taksin, vierellä.

"Vaikka nyt itse sen sanonkin, oli loistava ajatus ohjata moottoritien liikenne kulkemaan tätä kautta. Niin ja hyvin ajattelit tuon ikkunoiden tummennuksen. Miten osasit aavistaa, että hän erehtyy autosta?"

55

Rikosetsivä kääntyi Samuelin puoleen samalla viittoen ohjeita liikennepoliisille.

"Tuo mies on hieman äkkipikainen ja silloin kun hän alkaa todellakin ärsyyntyä, menettää hän keskittymiskykynsä. Ei se sen ihmeempää ennustamista vaadi."

Samuel vastasi rikosetsivälle väsyneenä.

"Nyt meillä on enää yksi pidätys suoritettavana. Mennään."

Rikosetsivä oli tarttumassa taksin ovenkahvaan noustakseen sen kyytiin, mutta Samuel laski nopeasti kätensä rikosetsivän olkapäälle.

"Ei. On parempi, että menen ensin yksin."

"Aivan."

Rikosetsivä totesi hieman pettyneenä nostaen kätensä nopeasti hieman pystyyn, kuin aikeissa vilkuttaa jollekin. Samuel astui taksiin tällä kertaa kuskin viereen etupenkille. Hänen ilmeensä oli vakava, eikä hän edes vilkaise rikosetsivää, joka oli sujauttanut molemmat kätensä pitkän tummansinisen päällystakkinsa taskuihin.

11

Keittiön taso oli sotkuinen. Leivontatarvikkeet olivat jääneet niille sijoilleen, eivätkä sotkuiset astiatkaan olleet löytäneet omaa tietään astianpesukoneeseen. Valmis kakkupohja oli nostettu hellan päälle jäähtymään.

"Huhuu! Nina?"

Samuel odotti hetken vastausta ennen kuin kääntyi takaisin eteiseen laskien ensin laukkunsa lattialle. Päällystakin hän asetti henkariin roikkumaan.

"Oletko sinä täällä?"

Samuel vilkaisi pimeään eteisen vessaan.

"Nina?"

Syvä hiljaisuus alkoi huolettaa Samuelia. Suunnatessaan kohti makuuhuonetta hän huomasi olohuoneen pöydällä lääkepurkin, joka oli kumollaan. Purkin sisältä oli pöydälle pyörinyt muutama tabletti. Samuel tarttui purkkiin ja huomasi niiden olevan unilääkkeitä.

"Helvetti!"

Vaistomaisesti hän kiirehti makuuhuoneeseen löytäen Ninan makaamassa kylpytakkiin kietoutuneena sängyllä selkä kohti ovea suunnattuna. Samuel hätääntyi huomatessaan, ettei Nina hengittänyt, tai silta se hänestä vaikutti.

"NINA!"

Kylmän väristyksen vallassa Samuel alkoi ravistaa vaimoaan hereille.

"Mitä? Joko sinä tulit?"

Nina sai sammallettua tokkuraisena miehelleen.

"Montako tablettia sinä olet ottanut?"

Helpottuneena siitä, että nainen vastasi hänelle, Samuel koetti saada selville mitä Nina oli aikonut itselleen tehdä.

"Yhden."

Pienen tauvon jälkeen Nina jatkoi.

"Ajattelin leipoa sinulle kakun ja sitten... kävin suihkussa ja minua alkoi väsyttää."

No parempi tuokin vastaus, kun ei mitään. Samuel ajatteli samalla ojentaen vesilasia Ninalle.

"Juo hieman tästä. Älä huolehdi keittiöstä. Minä siivoan sen. Nuku vielä, niin olet sitten herätessäsi virkeämpi."

Nina kostutti hieman huulia ja vaipui sitten uudelleen uneen.

Hetken Samuel vain seisoi ja katseli keittiön sotkuista tasoa. Ajatus siitä, että Nina olisi nauttinut liikaa unilääkkeitä sai miehen mielen surulliseksi. Koskaan ei voinut tietää, mitä kotona oli odotettavissa. Samuelin oli käynyt jo jonkin aikaa terapeutin luona juttelemassa, vaikka alkuun se tuntui turhalta. Saran mies Tom oli suositellut Samuelille asiaa ja oikeassa Tom oli ollut sanoessaan, että pelkkä puhuminen jo auttaa. Välillä Samuelista tuntui, että hänellä ei ollut mahdollisuutta vaikuttaa mitenkään asioihin. Ne tuntuivat vääristyvän aina. Ratkaisua tälle tilanteelle ei tuntunut löytyvän mistään. Mietteisiin uppoutuneena Samuelin silmät olivat jääneet tuijottamaan keittiön alakaapin raollaan olevaa ovea ja sen alimmaista tasoa, joka vaikutti olevan pois paikoiltaan. Samuel asteli kaapin kohdalle ja kyykistyi katsomaan kaapin sisälle. Alimmainen taso oli todella hieman irti. Hän nosti tason kokonaan pois paikaltaan. Hetken hän ihmetteli tavaran ja paperin määrää, jonka olemassa olosta hänellä ei ollut lainkaan tietoa.

"Mitä ihmettä nämä ovat?"

Hiljaa Samuel ihmetteli löytämäänsä kätköä. Suurin osa papereista näytti olevan jotain aivan merkitsemättömiä asiakirjoja ja monisteita. Pian hänen huomionsa kiinnittyi kiiltävään peltirasiaan, jonka kulma pilkotti muutaman päälle laitetun paperin alta. Rasia ei ollut suuri, mutta sen sisällä tuntui olevan jotain. Samuel aukaisi rasian varoen ja yllättyi näkemästään. Rasian sisällä oli puhelin ei muuta. Puhelin oli vanha communicator eli ensimmäinen älypuhelin, joita ilmestyi yhdeksänkymmentä luvun puolivälissä markkinoille. Kannen auetessa näyttöön ilmestyi teksti.

-Hei Nina.

"Mitä ihmettä?"

Samuel alkoi selata vanhoja tekstejä. Hän suorastaan lysähti istumaan kyykkyasennosta keittiön jauhoiselle lattialle.

"Ei helvetti tämä voi olla totta."

Hiljaa hän totesi lukiessaan Kimin ja Ninan välistä viestinvaihtoa. Hetken hän vielä selaili näiden kahden välillä käytyjä viestejä, kunnes havahtui siihen, että Nina voi herätä millä hetkellä hyvänsä. Hänen oli siivottava keittiö ennen sitä. Nina ei saisi tietää, että hän oli löytänyt salaisen kätkön.

12

Taksin pysähdyttyä Samuel nousi verkkaisesti ulos kostealle ja pimeälle kujalle. Ulko-oven eteen hän jähmettyy kykenemättä tarttua ovenkahvaan. Hän katsoi ripaa tyhjä katse silmissään. Kuin horroksessa hän kääntyi suunnaten askeleensa rakennuksen seinustalla yksinäisyyttään sairastavaa puistonpenkkiä kohti. Tuolle mustalle metalliselle penkille hän rojahti, kuin viimeisillä voimillaan. Tyhjyys miehen sisällä alkoi tiivistyä kovaksi kiveksi rinnan kohdalla. Samuel ei pystynyt hengittämään, vaan hänen oli käperryttävä kasaan jalkojensa päälle. Tunne oli tuskainen ja ahdistava. Hänen suustaan purkautui ahdistuksen syvä huokaus. Samuel hengitti hetken syvään, kunnes pystyi jälleen nostamaan ylävartalonsa pystyasentoon. Ilma kulki jälleen miehen keuhkoihin ja hän täytti hetki sitten lamautuneet keuhkorakkulansa raikkaalla ulkoilmalla antaen hetken ilman viipyä keuhkoissaan. Rauhallinen uloshengitys tuntui hänestä hyvältä, mutta ajatus seuraavasta kohtaamisesta, ei tuntunut hänestä yhtään hyvältä. Nojaten penkin selkänojaan, hän palasi ajassa hieman taaksepäin. Hetkeen, jolloin he Ninan kanssa kohtasivat ensikertaa.

13

Karin nousi koneeseen nuori vaalea nainen kannoillaan. Tuolla hennolla ja ehkä hieman epävarman oloisella nuorella naisella oli samanlainen uniformu yllään, kuin Karinilla. Siitä Samuel tiesi katselleessaan ohjaamon ikkunasta, että he olivat saaneet uuden lentoemon joukkoonsa. Naiset ilmestyivät ohjaamon ovelle tervehtimään kapteenia sekä perämiestä, joka Samuel oli tuolloin.

"No mutta oletkos sinä Karin poiminut viime lennon aikana yhden enkelin taivaalta mukaasi?"

Samuel kiusoitteli ja sai Ninan posket hieman punoittamaan. Sanojaan tehostaakseen Samuelin kasvoille levisi viekoitteleva hymy.

"No mutta Samuel, älä nyt heti ala kiusaamaan uutta työkaveriasi. Saat vielä suolaa sokerin sijaan kahviisi, kun siinä rupeat imeläksi."

Karin kuittasi Samuelille samalla kääntyen Ninan puoleen jatkaen.

"Älä välitä tuosta mokomasta. Samuel on nyt sellainen, miten sen nyt sanoisi, "naisten naurattaja" ja aina kiusaamassa uusia tyttöjä. Huomaat sen kyllä vielä."

Leikkisällä ja humoristisella tavalla Karin asian ilmaisi, huiskaisten samalla Samueliin päin. Karin on Samuelin serkku, sillä heidän äitinsä ovat siskoksia. Serkukset tuntevat hyvin toisensa ja tietävät millainen huumorintaju toisella on. Työkavereina he ovat toimineet jo jonkin aikaa. Nina ei koskaan oikein ymmärtänyt noiden kahden huumoria, eikä hän oikeastaan halunnut koskaan edes yrittää ymmärtää. Tuohon tulokseen Samuel oli jälkikäteen tullut. Ninalla oli tuolloin vaaleaksi värjätyt hiukset ja se teki hänestä hyvin hauraan oloisen, vaikka Samuel sai pian todeta, että näin ei todellakaan ollut. Joka tapauksessa molemmin puoleinen ihastus muuttui syvemmäksi kiintymykseksi ja rakkaudeksi. Ninasta alkoi heidän kihlajaisten jälkeen ilmetä piirteitä, joita Samuel ei osannut aikaisemmin edes kuvitella. Ennen sovittua hääpäivää, Ninan vanhemmat olivat kutsuneet Samuelin hätäisesti luoksensa, sillä he halusivat kertoa avoimesti Samuelille, kuinka Nina oli joutunut nuorempana kokemaan kovia vastoinkäymisiä ja kuinka he olivat luulleet, että nuo ongelmat olisivat jo takanapäin. Jokin oli nyt kuitenkin saanut Ninan tilanteen kääntymään huonompaan. Samuel ei tiennyt mihin kaikki johtaisi, mutta hän ei voinut jättää rakastamaansa ihmistä pulaan sillä, vaikka Ninan vanhemmat olisivat ymmärtäneet sen, jos

Samuel olisi halunnut vetäytyä ja perua häät, ei hän itse voinut moista ajatusta hyväksyä. Hän oli asiastaan erittäin vakuuttunut todeten Ninan vanhemmille vakaasti tukevansa heidän tytärtään kaikessa.

"Minä seison Ninan tukena ja me yhdessä voitamme tulevat vastoinkäymiset. Onhan hän aikaisemminkin saanut tilanteen hallintaan. Miksi emme saisi niitä nyt yhdessä kuntoon?"

Noiden Samuelin sanojen myötä he päättivät yhdessä tukea Ninaa. Ninan sisko Sara ja tämän aviomies Tom olivat myös keskustelleet Samuelin kanssa asiasta päätyen samaan lopputulokseen. Tilanne oli nyt vain lähtenyt pahasti karkaamaan käsistä ja päätymässä siihen pisteeseen, että kaikelle oli vain nyt yksinkertaisesti tultava loppu.

14

Sisällä heidän asunnossaan oli hiljaista. Jo eteisessä Samuelille tuli sellainen tunne, että Nina oli poistunut asunnosta, vaikka kaikki valot olivatkin päällä. Keittiön alakaapin taso oli avoin ja kaikki tavarat, jotka olivat olleet tason päällä, lojuivat nyt kaatuneina lattialla. Nina oli tyhjentänyt salaisen piilonsa sisällön kiireellä. Samuel ei edes viitsinyt vaivautua huhuilemaan, oliko Nina enää asunnossa. Hän oli varma, että nainen oli poistunut, mutta minne. Minne Nina olisi voinut näin varhain aamulla mennä? Makuuhuoneen vaatekaapista oli hävinnyt joitakin vaatekappaleita sekä pieni matkalaukku. Nina ei siis ollut ottanut paljoa vaatteita mukaan. Palattuaan takaisin keittiöön tarkastelemaan lähemmin tuota Ninan salaista kätköä, joka oli nyt putsattu jokaista lappua myöten tyhjäksi, Samuel alkoi muistella, mitä hän oli nähnyt Ninan säilyttävän piilossaan. Oliko hänellä jäänyt jotakin tärkeää sen sisällöstä huomioimatta. Lentopäiväkirja. Se oli ollut myös papereiden joukossa. Samuel muisti katsoneensa päiväkirjan sisältöä ja huomanneen joitakin merkintöjä, vaikka tuolloin ei osannutkaan kiinnittää asiaan enempää huomiota, oli huomannut lennon "SN 99" toistuvan säännöllisesti merkinnöissä. Hän tiesi tuon reitin suuntaavan samaan kaupunkiin, jossa Ninan sisko Sara asui. Onhan hyvinkin mahdollista, että Nina on ollut tapaamassa Saraa. Voisiko olla niin, että hän olisi nytkin lähtenyt siskonsa luokse. Tuosta Samuel päätti ottaa selvää. Karin oli edennyt urallaan lentoemännästä yhtiön hallinnollisiin tehtäviin ja varmasti pystyisi nyt auttamaan Samuelia saamaan selville oliko Nina varannut paikkaa lennolle SN 99. Kello oli jo seitsemän, joten kyllä hän voi jo serkkuaan tärkeällä asialla häiritä.

"Haloo, Karin?"

Linjan aukeaa, mutta Samuel ei saanut selvää kuka puhelun vastaanotti.

"Karin? Samuel täällä. Oletko siellä?"

Ääni puhelun toisessa päässä on hiljainen ja katkonainen.

"Kuuletko minua? Karin. Tämä on tärkeää."

Puhelu katkeaa, eikä Samuel osannut sanoa kuuluiko ääni, joka yritti sanoa jotain hänelle, laisinkaan serkulleen Karinille. Samuel jäi katsomaan puhelintaan, kuin se olisi kykenevä antamaan vastauksen. Hän ei ollut varma, oliko sopivaa soittaa Karinille takaisin, jos hän nyt ei vain halunnut taikka pystynyt keskustelemaan Samuelin kanssa. Tai jos Karin oli vaarassa.

Samuel yritti uudestaan. Puhelin hälytti. Lopultakin Karin vastasi.

"Hei. Olen matkoilla. Jätä viesti äänimerkin jälkeen. Kiitos, moi!"

"No voi helkutti!"

Karin kyllä oli kova matkustamaan ja hänen kohteensa olivat yleensä sellaisia paikkoja, missä ei ollut yhteyksiä puhumattakaan mistään ylellisyyksistä.

"Ole sitten."

Samuelin pettymys oli suuri. Hän oli ajatellut, että Karin kyllä saisi selville, jos Nina olisi varannut lennon, vaikka kuuhun. Nyt oli vain tavoiteltava Saraa. Samuel toivoi, että Sara tietäisi Ninan liikkeistä jotain. Samalla, kun hän selasi Saran numeron esiin puhelinmuistiostaan, hän tulikin toisiin ajatuksiin. Jostakin kumman syystä hän tunsi voimakasta tarvetta soittaa Saran sijaan Tomille. Hän valitsi Tomin numeron ja puhelin alkoi hälyttää.

"Haloo. Samuel?"

Tomin ääni oli erittäin rauhoittavaa kuultavaa Samuelin mielelle. Hän oli hyvin helpottunut, kuullessaan lasten mekkaloivan taustalla.

"Hei Tom. Nyt on asiat huonosti."

Tom oli hetken hiljaa toisessa päässä puhelua, kunnes totesi lyhyesti kysyen.

"Nina?"

"Kyllä. Onko Nina ollut yhteydessä teihin? Sinuun tai Saraan?"

Kysymyksen esitettyään Samuel ajatteli samalla, ettei Nina tietenkään Tomiin olisi ottanut missään nimessä yhteyttä. Olipa hän hölmö soittaessaankin Tomille. Samalla taustalla lapset alkoivat ilmeisesti riidellä, sillä meteli alkoi nousta kovaksi.

"Mitä? Odota hetki...POJAT, OLKAA HILJEMPAA. OLEN PUHELIMESSA! Anteeksi. Sara on matkoilla ja pojat ovat kipeänä, vaikka ei sitä tuosta metelistä uskoisi. Vatsatauti ja sellaista. No tiedäthän."

Tom vaikutti hyvin väsyneeltä tuon sanottuaan, mutta koetti nyt keskittyä kuulemaan mitä Samuelin asia koski.

"Kysyitkö, että olemmeko kuulleet Ninasta?"

"Niin Nina on häipynyt ja en tiedä yhtään, minne hän olisi voinut mennä. Ajattelin, että ehkä te tiedätte jotain."

"Onko tilanne pahentunut?"

Tomin vakaa ääni oli nyt erittäin huolestuneen kuuloinen.

"On. Me riitelimme, tai tiedäthän miten asiat aina kääntyvät päälaelleen. Nyt asiat menivät vain aivan liian pitkälle ja tilanne on kärjistynyt jo vaaralliseksi."

Tom oli kuulevinaan Samuelin äänessä syvää huolestuneisuutta ja ehkä hitusen pelokkuutta.

69

"Onko sinulla se valtakirja tallessa?"

Jämäkästi kysyen Tom koetti samalla ravistaa Samuelin takaisin raiteilleen.

"Ei. En ole löytänyt sitä mistään. Se katosi melkein heti, kun olit sen minulle kirjoittanut, tai enhän minä tiedä milloin kadotin sen, kun en ole sitä tarvinnut. Tai odota...ei helvetti! VOI HELVETTI! Se oli Ninalla siellä kätkössä! Voi vitt..."

"Missä kätkössä ja miten se voi olla Ninalla?!"

Tom yritti hillitä itseään, ettei huolestuttaisi Samuelia enempää.

"Se piilopaikka oli keittiössä kaapin alahyllyn alla ja minä näin siellä tyhjän kirjekuoren. Mutta se oli se sinun kirjoittaman lausunnon ja valtakirjan kirjekuori. Nyt muistan. Minä hölmö en sitä huomannut silloin. Kuoressa oli sama pieni sairaalasi logo vasemmalla yläkulmassa. Muistan vain, että kuori oli tyhjä. Sen sisältö täytyy olla Ninan hallussa. Kätkö on nyt tyhjä ja Nina poissa! Tom, missä hän voi olla?"

Samuelia alkoi suututtaa oma typerä huolimattomuutensa. Puhelu oli muutoinkin muuttunut hermostuttavaksi, joten Samuel päätti olla kertomatta tarkemmin illan ja yön tapahtumista. Nyt oli vain löydettävä Nina ja nopeasti.

"Tuskin Nina on kaukana. Epäilen sitä tyhjää ränsistynyttä huoneistoa, jossa Kim ollessaan vielä olemassa asui."

Tomia alkoi puistattaa mainitessaan Kimin nimen.

"Voit olla hyvinkin oikeassa. Lähden sinne." Samuel oli aikeissa sulkea puhelimen, kun Tom ennätti vielä sanomaan muutaman sanan.

"Ilmoita, kun saat Ninan kiinni. Minä tavoittelen sillä välin Saraa."

"Ok. Hei."

Tuon nopeasti sanottuaan Samuel sulki puhelun ja sujautti nopeasti puhelimen taskuunsa. Hänen mieleensä tuli vielä rikosetsivä Peterson, mutta nyt ei ollut aikaa jäädä tekemään raporttia tuolle rintaansa röyhistelevälle, itseään täynnä olevalle pönöttäjälle. Samuel aikoi suunnistaa kohti Kimin asuntoa.

15

Taksi pysähtyi pimeän kujan päähän. Tuon kujan päässä oli tumma tiiliseinä, jota ennen oikealla puolen oli rähjäinen ovi. Oven hilseilevästä pinnasta oli tummanruskea maali miltei varissut kokonaan pois. Jo paremmat päivänsä nähnyt ovi johti pieneen hämärään käytävään. Käytävän kummallakin puolin oli kolme ovea sopivin välimatkoin. Ovien jälkeen, käytävän lopussa nousivat portaat toiseen kerrokseen. Portaat olivat vanhat puuportaat. Jokainen porras oli kulunut keskikohdasta kuopalle. Kaide oli hutera. Yläkerrassa oli kaksi ovea portaiden ylätasanteen molemmin puolin. Ilma käytävällä oli paksu ja ummehtunut. Kulkijan oli miltei raivattava tiensä tunkkaisen ilman läpi päästäksensä etenemään kohti päämääräänsä sakeassa ilmamassassa. Jokaisen oven kohdalla Samuel tunsi voimakkaan aistimuksen läheisistä ihmisistä. Ensimmäisen oven kohdalla hän aisti Ninan äidin. Seuraavana oli vuorossa Ninan isä ja kolmas. Kolmas tuntui oudolta, sillä aivan, kuin hän itse olisi seissyt oven toisella puolen. Samuel pysähtyi hetkeksi kolmannen oven kohdalle. Tunne oli puistattava. Hän jatkoi matkaansa neljännelle ovelle. Siinä hän tunsi Saran. Viidennen oven kohdalla Samuel alkoi voida pahoin. Hänen oli vaikea pysyä suorassa. Tuntui, kuin vatsalaukku olisi kääntynyt ylösalaisin. Tuon etovan ja ahdistavan tunteen seasta hän aisti Tomin. Samuel pakotti itsensä ohittamaan tuo viides ovi nopeasti. Miro. Miro tuntui vahvasti kuudennen oven kohdalla. Samuelista Miron läsnäolon tunteminen oli hänelle vastenmielinen, jopa loukkaava. Mitä tämä kaikki tarkoitti ja kuinka hän tunsi nuo ihmiset noiden ovien kautta. Portaat nousivat ylös. Samuel oli saapunut niiden alapäähän. Hän katseli ylös kohti kahta viimeistä ovea. Oikealla oli Kimin asunto, tai silloin, kun hän siellä vielä majaili. Samuel oli käynyt muutaman kerran tuossa asunnossa, mutta hän ei muistanut, oliko koskaan tavannut muita talon asukkaita. Ja kuka oli asunut silloin vasemmanpuoleisen oven takana. Vai oliko noissa asunnoissa koskaan kukaan asunutkaan. Hämmentyneessä mielentilassa Samuel alkoi hiljaa nousta ylös rappuja kohti noita kahta viimeistä ovea. Portaat painuivat hieman Samuelin painon alla. Hänestä tuntui, että portaikko voisi romahtaa hänen altaan millä hetkellä hyvänsä. Ylätasanteella hän katsoi vasemmanpuoleista ovea, mutta ei tuntenut sen kohdalla mitään. Ovi ei antanut mitään kaikua, vaikka Samuel hetken seisoi sen edessä hiljaa. Oikeanpuoleinen ovi, Kimin ovi huokui suorastaan Kimin läsnäoloa. Se oli jopa hieman pelottavaa Samuelista. Hän seisoi hetken oven edessä, kuin kerätäkseen voimaa oven aukaisemiseen. Tai ehkä siihen, mitä hän kohtaisi oven toisella puolen. Hän oli varma, että Nina jollakin tavalla oli tuon oven takana olevassa asunnossa. Hän asetti käden oven rivalle. Samuel tiesi, että ovi oli auki. Hän ei itsekään osannut sanoa, miten se oli mahdollista, mutta tuntemukset asioista olivat nyt hyvin selkeät ja vahvat. Vedettyään ensin keuhkonsa täyteen ilmaa hän painoi kädensijan alas ja työnsi oven raskain mielin auki.

16

Huone oli hämäryyden verhoama. Ainoa valon lähde oli pienen pöydän päälle asetettu kannettava tietokone. Pöydän edessä oli tuoli, joka oli siirretty hieman viistosti kohti ovea. Samuel tunnisti tietokoneen samaksi, jota Kim oli käyttänyt. Hetken Samuel seisoi oven edessä ja antoi silmiensä tottua hämärään. Vaikka käytävälläkään ei ollut järin valoisaa, oli huone käytävää pimeämpi. Huone oli hiljainen, eikä siellä näyttänyt olevan ketään. Samuel astui askeleen lähemmäksi tietokonetta nähden näytöllä olevan valvontakameran kuvaavan häntä. Hän näki itsensä reaaliajassa seisomassa Kimin huoneessa hämmästyneen näköisenä. Kamera oli ilmeisesti asetettu huoneen päätyseinään, jossa sijaitsi myös ikkuna. Huoneiston ainoa ikkuna oli peitetty raskaalla tummalla verholla. Tilaa ei ollut paljon. Keittokomero ja vessa sijaitsivat heti oikealla oven avauduttua. Keittokomeron kulmassa näytti Samuelista aivan siltä, kuin joku olisi seissyt hiljaa paikallaan. Hän siristi silmiään.

"Kuka siellä?"

Kysyttyään henkilöllisyyttä tuolta hiljaiselta hahmolta, hän tunsi samalla, kuinka hänen kehonsa jännittyi kohtaamaan mahdollisen kamppailun. Ilma oli sähköinen ja tunnelma piinaava.

"No mitä Samu? Mä se vaan oon."

Hahmo alkoi liikkua kohti Samuelia. Laiskasti laahustaen Kimin hahmo ilmestyi pimeydestä valokiilaan, jonka käytävältä kajastava heikko valo muodosti huoneistoon.

"Ei vittu nyt. Sinun piti olla jo kuollut! Eikö me päästä sinusta koskaan eroon."

Pettyneenä Samuel ilmaisi suoraan ajatuksensa ilman turhaa kaunopuheisuutta.

"Ai vittu, kun jätkä on aina yhtä mukava! Kiva nähdä suaki."

Kimin hiukset olivat sekaisin omaan tuttuun tyyliinsä. Hänellä oli nuhruinen villapaita ja ylisuuriksi venyneet villasukat jalassaan. Harmaat likaiset verryttelyhousut jalassaan hän laahusti kohti tuolia katsomatta Samueliin.

"Mitä sinä onneton olet taas Ninalle tehnyt?"

Samuelin kädet puristuivat vihasta nyrkkiin. Hän koetti hillitä kasvavaa vihaansa sisällään.

"En mä mitään oo tehny mun systerille. Se on turvassa. Sä et pysty huolehtimaan siitä, niin mun oli tultava takas."

"Voi jumalauta nyt Kimi. SÄ ET OO TODELLINEN!"

76

Samuel tunsi, kuinka hänen ohimollaan sykkivä suoni oli alkanut pullistua paineen noustessa hänen päässään. Hänen kallonsa oli kuin painekattila. Ilman oli vain päästävä nopeasti pois, ettei tuo pieni kammio räjähtäisi. "Älä ny vittu ala riehuu! Sä se osaat. Kohta varmaan käyt päälleki. Vittu mikä jätkä. Mä oon nyt tässä ja sun on aika luovuttaa."

Kim oli istunut tuolille veltosti nojaten sen selkänojaan. Hänen katseensa oli kohdistettu lattiaan hiusten peittäen puolet kasvoistaan.

"Ei Kim. Sinä luovutat. Päästä Nina vapaaksi ja jätä meidät rauhaan. Sinulla ei ole oikeutta tunkeutua meidän elämäämme. Nina pärjää hyvin ilman sinua. Minä olen hänen miehensä ja minä pidän huolen hänestä. Sinä voit painua, vaikka helvettiin lässyttämään!"

Samuel sai itsensä hieman rauhoittumaan.

"Me ollaan oltu Ninan kanssa yhdessä aina, eikä se pärjää ilman mua. Kyllä sä vittu tiiät sen. Me ollaan aina yhdessä! Sä voit painuu sinne helvettiin itte nyrkkies kans riehuun."

Vaistomaisesti Samuel löysäsi kätensä tiukasti puristuneesta nyrkkiotteestaan. Häntä hieman hävetti uhmakas käytös, mutta samalla hän tunsi voimakasta vihaa. Hänen vatsansa tuntui voivan pahoin, eikä hän millään pystynyt seisomaan vakuuttavasti pystyssä. Kylmähiki nousi kauttaaltaan hänen kehossaan pintaan tuoden mukanaan voimattomuuden tunteen. Hänen oli pakko lyyhistyä kyykkyyn pidellen vatsastaan, ettei olisi oksentanut lattialle.

"Meinaatko sä siihen kuolla?"

Kim oli kohottautunut hieman parempaan asentoon kovalla puisella tuolillaan.

"Minä en jaksa enää. Tätä on jatkunut jo vuosia, eikä sinusta pääse koskaan eroon."

Samuel kierähti istumaan selkä seinää vasten oikaisten jalkansa suoraksi. Hän piteli yhä käsillänsä vatsasta antaen päänsä levätä riipuksissa leuka kohti rintaa.

"Sinä palaat aina, vaikka kukaan ei sinua edes kaipaa."

Kim nojautui hieman eteenpäin riiputtaen päätään niin, että hänen takkuiset hiuksensa roikkuivat varjostaen hänen kasvonsa.

"Sä se tässä olet se, jota kukaan ei kaipaa. Siskoni teki suuren virheen ottaessaan sut miehekseen. Kato ku, mä tulin nyt lopullisesti pelastamaan Ninan."

Samuel nosti hitaasti katseensa kohti Kimiä. Samuelin katse oli julma ja jos vain katse voisi tappaa, olisi Kim päättänyt päivänsä juuri tuolloin. Samuelin tummat silmät kiiluivat vihaa hämärässä huoneessa.

"Se olit sinä, joka sai Ninan pahoinpitelemään itsensä ja näyttämään sen siltä, että minä häntä pahoinpitelin. Myönnän, etten aina jaksanut olla yhtä vahvasti tukena, mutta ihminen se minäkin vain olen. Minun täytyi hoitaa työ ja esittää, että kaikki on hyvin. Yritin saada asiat pysymään normaalina, mutta sinä olit luikerrellut salaa jälleen elämäämme. Kunpa olisin osannut huomata sen aikaisemmin. Nyt kaikki on mennyttä!"

Laiskasti Kim nousi tuoliltaan laittaen kätensä löysien housujen pohjattomalta näyttäviin taskuihin.

"Vittu, et sä oot tyhmä. Miten mä olisin voinut saada Ninan itteään moksimaan? Sä oot tosi outo jätkä."

Samuel suorastaan ponnahti jaloilleen, kuin jousi lattialta. Samalla hän uhmakkaasti ojentaen vartaloaan Kimin edessä.

"Tehdään tämä nyt lopullisesti selväksi. Olen lopen kyllästynyt tähän paskaan. Ensinnäkin, sinä ET ole Kim. Ja nyt tämä hulluus saa loppua! Koeta nyt herätä todellisuuteen. Minä en enää pysty pitämään sinua kasassa. Minä luulin, että olit päässyt yli Kimistä, mutta sitten löysin kätkösi. Tuolloin oli jo liian myöhäistä. Olit punonut juonen, jossa suunnittelit TAPPAVASI minut. Kaikki ne perättömät ja ilkeät syytökset pahoinpitelyistä, joihin en ollut edes syyllinen, jouduin nielemään. Ja kaikki tämä vain siksi, että halusin rakkaan ihmisen selviytyvän yli vaikeuksistaan. Mutta mitä SINÄ teet! Sinä vihaat minua ja haluat erottaa minut Ninasta!"

Samuel tönäisee kiihtyneenä Kimiä kädellään rintakehästä. Tönäisyn voimasta Kim joutuu ottamaan askeleen taaksepäin.

"Vittu jätkä! Mä todellakin haluun sun katoavan, sillä sä erotat mut ja Ninan toisistaan!"

Samuel seuraa Kimiä ottaen myös askeleen kohti perääntyvää salistaan.

"Hyvä "Einstein"! Lopultakin sinä alat ymmärtämään "kupletin" juonen!"

Kim suuntaa askeleensa hiljaa kohti ovea samalla pitäen katseensa alhaalla. Samuel seuraa Kimiä, kuin saalistaja saalistaan ennen lopullista iskuaan.

"Meillä oli kaikki hyvin ja sitten sä tulit sotkemaan asiat. Mä, isonaveljenä huolehdin Ninasta. Sun tulon jälkeen Nina muuttui ja mä jouduin väistymään."

Kim pysähtyy ja kääntyy kohti Samuelia. Oli kuin saalis olisi saanut rohkeutta nousta uhmaamaan saalistajaansa, huomatessaan, ettei enää tilanteessaan muuta voinut.

"SE OLIT SÄ, JOKA TAPPOI MUT!"

Jälleen kerran Samuel puristi kätensä nyrkkiin, mutta ei pystynyt lyömään Kimiä. Hänen oli vaikea hillitä itseään. Sen sijaan, että hän olisi pamauttanut vahvan nyrkkinsä kohti Kimin hentoista leukaluuta, hän ryntäsi kohti ovella seisovaa hahmoa. Samuelin törmätessä voimalla Kimiin, he molemmat syöksyivät käytävän tasanteen halki iskeytyen Kimin asuntoa vastapäätä olevan asunnon lahoon oveen. Ovi päästi helposti tulijat sisään lastulevyjen palasten lennellessä huoneistoon. Kim kaatui vatsalleen Samuelin kaatuessa hänen viereensä selälleen. Samuelin takaraivo osui lattiaan ja hän menetti hetkeksi tajuntansa. Hetken hiljaisuuden jälkeen sekä tajunnan palauduttua, Samuel huomasi huoneiston olevan peilikuva vastakkaisesta huoneistosta. Huone ole pimeä, mutta se vaikutti viihtyisältä ja jostakin syystä hyvin erilaiselta, kuin Kimin asunto. Tunnelma huoneessa oli Samuelin mielestä jopa kotoisa, vaikka hän ei nähnyt kovinkaan tarkasti hämärässä ympärilleen. Tuoksu oli tuttu. Se kuului Ninalle. Ninan läsnäolo tuntui Samuelista hyvältä. Hänelle tuli rauhallinen ja hyvä olo. Ollessaan Kimin huoneistossa hänellä oli ahdistava ja aggressiivinen mieli. Kimin inhottava tunkkainen haju oli poistunut, eikä Samuel enää tuntenut Kimin olevan läsnä. Sen sijaan hän oli varma, että Nina oli huoneistossa. Noustessaan seisomaan, hän huomasi hahmon lattialla muuttuneen. Kim ei ollut enää paikalla. Hän kumartui tarttuakseen lattialla makaavaa olkapäästä nähdäkseen tämän kasvot, mutta ennen, kuin hän ennätti saada otetta sirosta olkapäästä, hahmo kääntyi katsomaan tutuilla lempeillä silmillään Samuelia.

"Nina! Voi luoja! Se olet sinä."

Samuel oli helpottunut nähdessään Ninan kauniit kasvot. Hän kyykistyi hentoisen ja hauraan oloisen naisen viereen ottaen tämän hellästi syleilyynsä. Pidellessään Ninaa käsivarsillaan, Samuel huomasi, kuinka hän oli kaivannut Ninan läheisyyttä, samalla tuntien surullisuutta heidän epätoivoista tilannettaan kohtaan. Epätoivo alkoi ahdistaa hänen rintaansa. Se puristi Samuelin sanat kiinni hänen kurkkuunsa. Lopulta hän sai kysyttyä itkua pidätellen.

"Miksi? Miksi olet päästänyt Kimin takaisin elämäämme?"

Nina käänsi hämmästyneen katseensa pois Samuelista samalla siirtäen pitkät hiuksensa sivuun kasvojensa edestä.

"Samuel. Miksi olemme täällä?"

17

Tilanne vaati hetken hiljaisuutta. Rauhallisesti Samuel silitti Ninan hiuksia, vaikka hänen sisällään sydän tuntui vuotavan verta. Nina tarttui silittävästä kädestä kiinni pysäyttäen sen liikkeen.

"Mitä oikein on tapahtunut? Miksi kysyt minulta Kimistä? Kim on kuollut. Kyllä sinä sen tiedät."

Etsiessään vastausta Ninan kysymykseen Samuel ei voinut, kuin päätyä kertomaan kaiken, mikä oli todellista.

"Nina. Kuuntele minua hetki ilman, että keskeytät kertomani. Minä pyydän. Tämä on erittäin tärkeää ja sinun on nyt hyvä keskittyä kaikkeen mitä kerron sinulle. Älä keskeytä, vaan kuuntele tarkkaan."

Samuel auttoi Ninan istumaan selkä seinää vasten. Hän itse istui vaimonsa toiselle puolen hieman sivuttain pitäen Ninan puoleisen jalkansa suorana. Toisen jalan ollessa koukussa, koholla oleva polvi tarjosi kädelle leposijan. Hetken vielä mietittyään, mistä alkaisi kertoa heidän kummallista tarinaansa, Samuel aloitti.

"Kun tapasimme, muistat sen ensimmäisen lennon, jolle saavuit Karinin kanssa, ihastuin heti sinuun. Olit niin aito ja viaton. Meidät oli tarkoitettu yhteen. Sinä rakastit elämää ja ihmisiä. Et koskaan pitänyt yksinäisyydestä, vaan halusit vapaa-ajallakin nähdä ystäviä ja kulkea juhlissa. Tietokoneet olivat sinun mielestäsi ärsyttäviä, etkä viihtynyt niiden äärellä, kuin pakon verran. Meillä oli elämä edessä ja suunnittelimme upeita häitä, jotka sitten saimme viettää rakkaittemme läsnä ollessa. Ennen häitä vanhempasi halusivat kertoa minulle avoimesti menneisyydestäsi."

Samuel tarttui Ninaa kädestä. Ninan katse oli pelottavan tyhjä. Kylmät väreet kulkivat Samuelin selkää pitkin, kun hän koetti saada jatkettua kertomistaan. Samuelin oli laskettava katseensa heidän käsiinsä, jotta pystyi jatkamaan kertomaansa.

"Niin, sinullahan on todettu dissosiatiivinen identiteettihäiriö eli sinulla on sivupersoona, veljesi Kim. Oireesi alkoivat, kun olit pienenä tyttönä, seitsemän vanhana, uimarannalla. Olit sukeltanut laiturilta ja saanut samalla iskun nenävarteesi upoksissa olleesta puunrungosta. Olit melkein hukkunut, mutta onneksi paikalla oli ollut poika, joka sai sinut pelastettua. Ilmeisesti tuo oli laukaiseva tekijä, sillä Kim oli juuri tuon pojan ikäinen. Kim oli ollut vahvasti mukana elämässäsi, kunnes tavatessamme Tom oli saanut sinut hieman irti Kimistä. Tom, siis Saran mies on ammatiltaan psykoterapeutti, eikä lastenlääkäri. Mielesi on ehkä muodostanut kuvan, että Tom on lastenlääkäri, sillä hän on hoitanut sinua aina siitä lähtien, kun täytit kaksitoista. Sara ja Tom tutustuivat toisiinsa sinun kauttasi. Tom on saraa hieman vanhempi, mutta sinä sait heidät yhteen ja he ovat todella upea pari."

Nina tuhahti ja Samuel huomasi, että Nina ei pitänyt miehensä mielipiteestä, sillä Ninan suhtautuminen Tomiin muuttui vastenmieliseksi Saran alettua seurustelemaan Tomin kanssa.

"No niin, siis me tapasimme ja asiat olivat hyvin. Lupasin vanhemmillesi, että olen tukenasi, tapahtui mitä hyvänsä. Myönnän, että en ole ollut aina paras mahdollinen aviomies, mutta rakastan sinua, enkä halua jättää sinua pulaan."

Sanottuaan tuon Samuel suuteli Ninaa kevyesti otsalle. Nina käänsi katseensa kohti Samuelia ja totesi jäätävällä äänellä. Äänellä, joka oli jäädyttää Samuelin sydämen.

"Jatka."

Hämmentyneenä Samuel koetti keskittyä ja saada ajatuksensa jälleen kulkemaan.

"Kun sitten koitti se päivä, jolloin tapasin Kimin ensikerran. Se oli täällä, tai oikeastaan tuossa vastakkaisessa huoneistossa. Olin kauhuissani, mutta onneksi olin saanut tukea ja tietoa asiasta. Tom ohjeisti minua. Hyväksyin Kimin ja tulimme hetken hyvin toimeen, kunnes sain selville, että Kim käytti huumeita. En voinut hyväksyä sitä. Riitelimme ja sinä satutit itseäsi yhä useammin ja vaarallisemmin. Tilanne oli kauhea. Lopulta Tom sai sinut luopumaan Kimistä, mutta sitten jostakin kumman syystä sait päähäsi, että olit raskaana. Se kuvitelma oli kai korvike Kimin menetykselle."

Samuel veti molemmat polvensa koukkuun irrottaen samalla otteen Ninan kädestä, joka oli jääkylmä.

"Kerran saavuin pitkältä työlennolta ja löysin sinut kauhukseni kylpyhuoneen lattialta tajuttomana makaamassa veren tahrimassa aamutakissasi. Olit viiltänyt vatsasi auki. Onneksi haava ei ollut syvä, eikä rikkonut sisäelimiä. Pelkäsin, että olin menettänyt sinut."

Samuelin kädet tarttuivat lujasti hänen polvistaan kiinni. Ote oli luja, jopa hän itsekin havahtui puristuksen voimakkuuteen. Nopeasti hän löysäsi otteen ja laski kätensä syliinsä alkaen hieroa niitä toisiinsa.

"Luoja. Selvisimme siitä, mutta et enää ollut läsnä. Koetin saada asiat takaisin raiteilleen, mikäli ne meillä koskaan ovat olleetkaan. Suljit minut yhä määrätietoisemmin pois elämästäsi ja minä yritin saada tukea. Karin oli tukenani. Hän ymmärsi tilanteeni."

Ponnekkaasti Nina nousi ylös luoden vihaisen katseen Samueliin.

"Karin! Karin on sinun oma HUORASI!"

Samuel nousi suuttuneena ylös.

"KARIN on minun serkkuni ja hän ymmärtää minua, kun kaikki muut syyttivät minua sinun hakkaamisestasi, kiitos SINUN!"

Samuel tökkäsi samalla Ninaa etusormellaan tehostaakseen sanojensa voimaa. Nina horjahti hieman, mutta sai pidettyä itsensä tasapainossa.

"Nyt kun SINÄ olet saanut puhua, niin kuuntelepas vuorostasi minua."

Nina asteli huoneiston rikkinäiselle ovelle aukaisten sen, sen mikä siitä oli jäljellä. Hän osoitti vastakkaista huoneistoa kädellään.

"Tiedän, että Kim asui tuolla ja tiedän, että minulla oli veli, mutta älä ala puhumaan minulle, että olen hullu! Sinulla EI ole serkkua nimeltään Karin! SINÄ se itse olet sairas!"

Pettymyksen painamat hartiat luhistuivat kasaan samalla, kun Samuel sai hiljaa sanottua väsyneet sanansa.

"Voi kun saisin sinut ymmärtämään."

"Ymmärtämään! Ei tässä ole mitään ymmärrettävää. Sinä ja Tom olette koettaneet saada minut hullujen huoneelle. Minulla on siitä todiste! Löysin hoitomääräyksen ja valtakirjan, jolla *sinä* annat valtuudet sulkea *minut* SULJETULLE OSASTOLLE!"

"Ei sinä ymmärrät väärin! Olet vaaraksi itsellesi ja muille. Paikka ei ole hullujen huone, vaan hyvä hoitolaitos, jossa..."

"HYVÄ HOITOLAITOS! Vittu nyt sentään! Painu helvettiin täältä ja ota se "serkkusi" mukaan!"

Nina viittoi uudelleen kädellään kohti käytävää.

"Kuuntele nyt Nina! Anna minä selitän!"

Nina viittoi nyt molemmilla käsillään kohti käytävää.

"Ala nyt saatana mennä!"

"Nina! Rauhoitu!"

Samuel koetti tyynnyttää vaimonsa vihaa.

"LOPETA JO! Jos haluat tietää totuuden, niin tässä se tulee! Sinun kuvittelemasi Karin on oikeasti Eva, eli EI Karin! Eva ei voinut sietää sinua, joten loit itsellesi "serkun" nimeltään Karin. Joko alkaa "kellot soida"?"

"Nina ei. Ei! Sinä olit mustasukkainen ja vainoharhainen..."

"OLE NYT HILJAA JO! En halua kuulla enää yhtään!"

Nina ryntäsi käytävälle Samuelin seuratessa perässä.

"Odota! Haluan, että selvitetään tämä nyt kunnolla. ODOTA!"

88

Samuel tavoitteli Ninaa kädellään, mutta Nina huitaisi nopeasti Samuelin käden kauemmaksi. Huitaisevan kiertoliikkeen ansiosta Nina kompastui käytävälle rikkoutuneesta ovesta irronneeseen palaseen. Jalan osuessa irtokappaleeseen, Nina menetti tasapainonsa ja kaatui selkä edellä kohti portaikkoa. Samuelin vielä epätoivoisesti tavoitellessaan kädellään Ninaa, hän tajusi, ettei voinut tilanteelle enää muuta, kuin vaan katsoi kauhuissaan, kuinka hänen vaimonsa sukelsi vauhdilla portaikkoon. Seisoessaan järkyttyneenä tasanteella, hän kuuli epäluonnollisen selvästi, kuinka Ninan niskasta kuului puistattava rusahdus hurjan kaatumisen päätteeksi. Veri pakeni Samuelin kasvoilta, kun hän ymmärsi, että Nina ei enää nousisi sijoiltaan omin voimin, jos ollenkaan. Jalat eivät totelleet Samuelia, vaikka hän kuinka olisi halunnut juosta Ninan luokse. Hän seisoi vain jähmettyneenä paikallaan tuijottaen kauhistuneena alas portaikkoon vääntyneeseen asentoon jäänyttä rakastaan. Ninan hento keho oli kiertynyt luonnottomaan suorastaan järkyttävään asentoon kasvoillaan vahanukkemainen ilme. Kasvot olivat suuntautuneena suoraan kohti ylätasannetta ja Samuelia. Ninan silmät tuijottivat pelokkaina Samuelia. Miehen uhmakkaan näköinen varjo portaikon yläpäässä heijastui Ninan kosteille verkkokalvoille. Ninaa tunsi

89

kylmienväreiden vaeltavan hänestä etääntyvän kehonsa läpi. Hämärässä hän näki vierellään seisovan tutun ja turvallisen hahmon, joka ojensi kätensä hänelle. Kim oli tullut hakemaan hänet mukaansa. Nina tarttui Kimiä kädestä tuntien samalla, kuinka hänen olonsa muuttui keveäksi. Hän pystyi nousemaan jaloilleen. Käsi kädessä he kulkivat pois portaikkoon jääneen ruumiin ja sitä kauhuissaan tuijottavan Samuelin luota. Pimeä ja tunkkainen käytävä muuttui raikkaaksi ja valoisaksi heidän edessään.

18

Lasin pohjalla oli vielä vähän Yamazaki-viskiä. Tummapukuinen mies istui sohvalla tuijottaen kristallikuvioitua viskilasiaan. Valo leikitteli lasin sisällä olevalla aineella tehden kauniita heijastumia olohuoneen lasisen pöydän pintaan. Murheellisen miehen katse seurasi valon leikittelyä, pyörittäessään oikealla kädellään lasia hitaasti. Hän oli löysännyt mustaa kravattiaan ja aukaissut tyylikkään Egyptin sinisen kauluspaidan ylimmän napin. Paidan kaulus oli kokopäivän tuntunut miehestä ahdistavan tiukalta. Viski oli laadukasta, mutta nyt sen maku ei tyydyttänyt Samuelia. Nina oli saatettu haudan lepoon vain läheistensä ollessa läsnä. Samuel olisi kaivanut Karinin tukea, mutta hän oli yhä matkoilla. Yksi asia oli Samuelin mieleen jäänyt muistotilaisuudessa ja ne olivat Saran sanat, joiden mukaan Samuelin pitäisi päästää irti Karinista. Hän ei ymmärtänyt, mitä Sara tuolla oikein tarkoitti. Samuel oli seisonut yksin katsellen Ninan kuvaa kahden valkoisen kynttilän ylväästi loistaessa mustan surunauhan reunustaman kehyksen molemmilla puolilla. Kehyksen sisällä oli kuva hänen kauniista edesmenneestä vaimostaan. Nina oli kuvassa onnellinen. Sara oli saapunut hiljaa Samuelin viereen. Saran saapuminen oli jäänyt Samuelilta huomaamatta. Vasta, kun Sara siirsi toista kynttilää hieman loitommalle kuvasta, Samuel katsahti Saraan. Sara oli tuolloin todennut Samuelille, kevyesti, vain ohimennen.

"Samuel, sinun täytyy antaa Karinin mennä. Kaiken tämän jälkeen, päästä vain ote irti. Juttele Tomille."

Tuon sanottuaan Sara poistui, eivätkä he enää ennättäneet puhua toisilleen. Miksi hänen pitäisi "päästää ote irti"? Samuel ei ymmärtänyt, kuinka hän nyt olisi esteenä Karinille. Olihan Karin aikuinen ja itsenäinen ihminen. Miten Samuel nyt mitenkään liittyi Kariniin ja tämän kulkemisiin? Mitä puhumista siinä olisi Tomin kanssa? "Kaiken tämän jälkeen." Kyllä, paljon oli tapahtunut, mutta miten Karin liittyi muutoin asiaan, kuin olemalla Samuelin serkku. Saran sanat olivat nyt jääneet vaivaamaan Samuelin mieltä. Hän ei millään keksinyt syytä, miksi Sara oli hänelle asiasta erikseen tullut mainitsemaan Ninan muistotilaisuudessa. Tyhjyys ympäröi yksinäistä miestä, joka istui murtuneena sohvalla. Hän sulki silmänsä ja koetti kuulla Ninan hyräilevän touhutessaan askareitaan. Huoneisto pysyi hiljaisena. Kyynel vierähti Samuelin silmäkulmasta lämpimänä vierien alas kylmää poskea, kohti kaulaa. Samuel poimi kyyneleen sormenpäällään ja tarkasteli sitä, kuin se olisi ollut hänelle jotain uutta. Kyynel muistutti Samuelia toisesta kyyneleestä, jonka hän näki Ninan silmäkulmasta vierähtävän Samuelin puhelimen osuessa Ninan nenänvarteen, kun he molemmat pitivät siitä lujasti kiinni. Valitettavasti tuon ikävän kamppailun tuloksena oli harmillinen lopputulos. Kamppailun palautuminen ajatuksiin sai Samuelin miettimään puhelintaan ja siinä olevia viestejä Karinilta. Nina oli sanonut hänelle, että hän oli kuvitellut Evan olevan Karin, mutta eihän siinä ole mitään järkeä. Eva on Eva ja Karin on Karin. Nina oli kyllä sairas, mutta miten hän pystyi väittämään moista. Se oli kyllä totta, että Samuel ja Eva eivät pitäneet toisistaan. Tuo oli myös syy, miksi Eva oli pyytänyt Karinin hänen tilalleen lennoille. Tarkemmin asiaa mietittyään Samuel huomasi, ettei ollut enää tavannut Evaa tavattuaan Ninan. Asiassa oli kyllä jotain outoa. Samuel koetti miettiä, milloin hän oli viimeisen kerran tavannut Evan, mutta hän ei kyennyt muistamaan heidän tapaamisestaan, tuon Ninan ensimmäisen työlennon jälkeen. Asiaan oli saatava heti selvyys. Samuel alkoi etsiä puhelimestaan yhteystietoja Evalle. Vanha numero löytyi, mutta se ei ollut enää käytössä. Seuraavaksi hän etsi luettelosta heidän yhteisen työkaverin numeron. Marco oli myös seurustellut

Evan kanssa hetken aikaa ja Samuel uskoi Marcon tietävän jotain Evasta. Marcon numero oli yhä käytössä, sillä puhelin hälytti. Samuel oli aikeissa katkaista hälytyksen, sillä hänestä idea kysellä Evasta Ninan kuoleman jälkeen alkoi tuntua typerältä. Linja aukesi ja matala miehen ääni vastasi puheluun kysyvästi.

"Samuel?"

Hetken Samuel oli hiljaa epäröiden, mutta Marcon puhelimessa oli yhä tallessa hänen numeronsa, joten ei hän voinut lyödä luuria vain kiinni.

"Joo hei Marco. Minä täällä, Samuel. Mitä sinulle kuuluu?"

Marcon äänestä paistoi läpi hänen hämmentyneisyytensä, jonka odottamaton puhelin yhteys oli häneen luonut.

"Kiitos hyvää. Tuota, Samuel, kuulin Ninasta ja olen todella pahoillani. Hän oli herkkä ja kaunis persoona. Otan osaa suruusi. Kuinka itse jaksat?"

Samuel hieroi vasemmalla kädellään kasvojaan tuntien, kuinka kylmälle otsalle oli alkanut kohota lämpimiä hikipisaroita. Hänen olonsa oli muuttunut erittäin ahdistuneeksi.

"Hyvin, hyvin minä jaksan. Onhan tässä ollut kaikkea...no, hitto. Menneet alkoivat kalvaa mieltäni ja...no, kysyn heti suoraan sinulta. Tiedätkö mitään Evasta? Älä käsitä väärin, sillä minun on vain saatava itselleni selvyys eräistä menneistä asioista."

Marco oli hetken hiljaa, ilmeisesti Samuel oli jälleen yllättänyt hänet ensin soitollaan ja heti perään odottamattomalla kysymyksellään.

"Niin Eva. Muistat kai, että hän halusi siirtoa heti Ninan saavuttua yhtiöön töihin. He lensivät vain kaksi vuoroa työpareina, niin sinähän olit myös noilla lennoilla vuorossa. Pyyntö oli sinänsä yllättävä, sillä he näyttivät tulevan hyvin toimeen keskenään. Siirtoa ei heti pystytty toteuttamaan, joten Eva jäi sairaslomalle."

Linjalla oli hetken hiljaista ja Samuel tunsi kurkkunsa kuivuvan. Hänen täytyi siemaista loppu lasinpohjalle jääneestä viskistään alas kurkusta saaden kuristavan kuivuuden tunteen huuhdottua tiehensä. Marco jatkoi.

"Outoa oli se, että Eva ei enää palannut yhtiöön töihin, vaan hän oli ilmoittanut kirjallisesti irtisanoutuvansa yhtiön palveluksesta. Olimme kaikki hänet tunteneet hieman yllättyneitä, sillä Eva oli ollut yhtiöllä töissä jo useita vuosia, eikä hän ollut puhunut kertaakaan kenellekään irtisanoutumisesta. No, toisaalta emme hänestä paljoakaan tienneet, sillä eihän hän edes meidän lyhyen suhteemmekaan aikana kertonut itsestään tai perheestään juurikaan mitään. Sen vain tiesin, että hänellä ei ollut biologisia vanhempia tiedossa ja kasvatuslaitos oli ollut hänelle koti suurimman osaa hänen lapsuuttaan ja nuoruuttaan. Saanko kysyä, Samuel, miksi juuri nyt kysyt Evasta?"

Samuel ei ollut varautunut Marcon kysymykseen, vaikka toisaalta olihan se nyt päivänselvää, että Marco olisi utelias yllättävän soiton tarkoitusperästä. Joten hänen oli nopeasti vain keksittävä jokin vastaus.

"Niin no, tosiaan menneet vain askarruttavat mieltä. Muistatko Evan viimeisintä osoitetta?"

Vastakysymys oli jälleen yllättävä, sillä Marco tiesi, että Samuel oli itsekin tietoinen Evan osoitteesta. Hän päätti olla kysymättä enempää, sillä olihan tuo mies poloinen menettänyt hiljattain vaimonsa. Oli ilmiselvää, ettei Samuel ollut henkisesti tasapainossa ja ilmeisesti hänen oli vain käsiteltävä menetyksensä palaamalla ajassa taaksepäin.

"Kuule, minä laitan sinulle Evan viimeisen osoitteen tekstiviestillä. Tuskin löydät häntä sieltä, sillä kukaan tutuista ei ole häntä nähnyt sitten, kun hän joutui muuttamaan tuosta osoitteesta vesivahingon alta samoihin aikoihin, kun hän jäi sairaslomalleen. En tiedä, miksi hän lähti ilmoittamatta. Olen miettinyt, että hän vain halusi päästä pois vanhoista ympyröistä. Moni suhde oli ollut hänelle vaikea ja ...no, ehkä hän vain sai tarpeekseen ihmissuhdedraamasta. No kyllä sinä sen tiedät."

Samuelin mieleen pulpahti välähdyksiä Evasta mustassa iltapuvussaan.

"Niin, niinhän se varmaan on. Anteeksi Marco, kun näin yllättäen soittelin sinulle. Lennätkö yhä?"

"Minulla on oma pieni yritys. Tilauslentoja. Sinä olet yhä yhtiönleivissä?"

Samuel halusi lopettaa keskustelun, mutta ei viitsinyt olla töykeä.

"Yhtiöllä ollaan. Nyt pidän sairaslomaa, mutta haluan palata töihin mahdollisimman nopeasti."

Marco oli yhtä vaivautunut, kuin Samuel. Molemmat koettivat vain saada kiusallisen puhelun asiallisesti loppumaan.

"Joo. Työ on parasta lääkettä."

"Niin. No, kiitti sinulle vielä Marco ja jaksele."

"Samoin. Laitan sen osoitteen, jos se saa sinun ajatuksesi selkeentymään."

"Toivotaan. Kiitos vielä. Hei."

Puhelu oli kiusallinen molemmille osapuolille, mutta Marco oli sanansamittainen ja pian Samuelin puhelimeen saapui Evan tiedossa oleva viimeinen osoite. Samuel tuijotti osoitetta ja kuin aikaporttina osoite vei hänet muistoihin.

19

Ilta oli ollut täydellinen. Samuel nosti pitkän ulkotakin Evan harteilta ja ripusti sen huolella eteisen vaatekomeroon. Evan asunto oli tyylikkään yksinkertaisesti sisustettu. Asunto oli rakennettu vanhan tehtaan tiloihin. Punaista tiiliseinää oli jätetty sopivasti esille, ei liian hallitsevasti. Suuret ikkunat olivat entisöity tyylillä antaen korkealle huoneistolle näyttävyyttä. Huoneistoa ei oltu modernisoitu täysin. Näkyville oli jätetty tiiliseinän lisäksi vanhaa putkistoa, joka oli yhä käytössä. Eva oli saanut verhoiltua huoneiston kodikkaaksi, sillä usein suuret korkeat tilat ovat haasteellisia liiallisen akustiikan kannalta. Evan hoikka vartalo korostui upeasti hänen mustassa iltapuvussaan. Selkä oli avoin aina vyötärön uumenien kohdalle. Naisen tummat hiukset sekä tyylikäs lyhyt kampaus saivat hoikalla kaulalla olevan mustan Choker – kaulakorun, jossa oli kauniisti laskeutuva rusetti niskan puolella, tulemaan näyttävästi esiin vaaleaa ihoa vasten. Katsellessaan, kuinka Eva käveli kohti pientä baarisaareketta aikeissa kaataa Samuelille lupaamansa "yömyssyt", Samuel tunsi valtaisaa mustasukkaisuutta. Eva oli lopultakin suostunut tapaamaan Samuelia ja selvittämään heidän välinsä illallisen merkeissä. Heidän rikkinäinen suhteensa loppui Samuelin uskottomuuteen. Kostoksi Eva oli aloittanut suhteen Marcon kanssa ja heillä, Samuelin kuuleman mukaan, suhde suorastaan kukoisti. Samuel uskoi, että Evan suhde Marcoon oli vain laastari heidän suhteensa loppumiselle. Eva kääntyi kohti Samuelia kysyen.

"Viskiä?"

Evan kysymys herätti Samuelin huomaamaan, että hänen katseensa seuratessaan Evan kulkemista kohti baarisaareketta, oli muuttunut synkäksi. Katseen synkkyys ei jäänyt Evaltakaan huomaamatta. Kylmät ja ahdistavat väreet kulkivat Evan vartalossa nähdessään Samuelin mustat suoraan sielun syvyyksiin tuijottavat silmät, kun hän kääntyi kysymään Samuelilta ja varmistamaan tämän haluaman juoman laadun.

"Hmm. Joo, viskiä, kiitos."

Itsekin hämmentyneenä Samuel laski katseen nopeasti lattiaan. Mustasukkaisuus ei poistunut, vaikka häntä hieman nolotti huomata, Evan säikähtänyt ilme kasvoilla.

"Kuule, minusta tuntuu, että sinun on ehkä parempi kuitenkin lähteä kotiin. Meillä ei ole enää oikeastaan puhuttavaa, sillä olet aloittanut suhteen Ninan kanssa. Minä olen ajatellut, että on parempi, ettemme tapaa enää. Jatketaan elämää ja annat minun jatkaa omaani. Älä soita tai ota enää yhteyttä minuun."

Eva nojasi kevyesti vasemmalla lantiollaan baarisaarekkeeseen. Katse oli surullinen ja oli kuin hän olisi antanut katseen levätä hänen omissa käsissään, jotka hän oli kevyesti ristinyt yhteen.

Samuelin kurkkuun tuntui tarrautuvan jokin pimeävoima kiinni puristaen kaksin käsin henkitorven umpeen. Köhien hän sai sanottua.

"Ei. Ei se merkitse mitään. Nina ei merkitse mitään."

Eva katsoi Samuelia.

"Samuel, me emme palaa yhteen. Minä en rakasta sinua. Suhde Marcoon on loppu, mutta me emme palaa yhteen."

Samuel nosti kirkastuneen katseensa.

"Teidän suhteenne on loppunut?!"

Eva otti askeleen taemmas seisoen nyt baarisaarekkeen sivulla.

"En halunnut kertoa sinulle, sillä asia ei sinulle enää kuulu ja ..."

"Eva minä rakastan sinua! Anna minulle madollisuus näyttää, että olen hyvä sinulle."

Eva jatkoi perääntymistään Samuelin ottaessa pieniä askeleita kohti hätääntyvää naista.

"Samuel se ei ole enää mahdollista. Minä muutan pois. En ole vielä sanonut tätä kenellekään, mutta minä lähetin tänään irtisanoutumisen yhtiöön. En halua jäädä enää tänne."

Evan sanat viilsivät Samuelin sydäntä. Samuel tunsi suuttumuksen nousevan surun ylitse. Hänen kätensä puristuivat nyrkkiin.

"Samuel ole kiltti ja lähde kotiin."

Eva tunsi Samuelin vihan kohdanneen hänet. Jo aikaisemmin Eva oli nähnyt tuossa miehessä narsistisia piirteitä. Samuel oli kuin ihottuma, joka aika ajoin ponnahti kutisevana ja punoittavana iholle. Siitä ei päässyt eroon edes hyvällä voiteella.

"Ei Eva. Minua ei jätetä. Sinä olet minun ja yksikään mies ei enää katso sinua siten, kuin minä sinua katson."

Eva oli siirtynyt baarisaarekkeen toiselle puolen saaden otteen tason alapuolella olevalla hyllyllä telineessä maanneesta punaviinipullosta. Tarttuessaan viinipullon kaulaan Eva tiesi, että hän joutuisi taistelemaan hengestään.

"Minä määrään kuka sinua katsoo ja sinua ei katso enää muut, kuin minä!"

Samuel ryntäsi sanojensa voimalla kohti Evaa tarttuen Evan kohotettuun käteen, joka piteli viinipullon kaulasta lujasti kiinni. Eva kaatui selälleen Samuelin seuratessa perässä. Samuel lysähti Evan päälle viinipullon särkyessä seinällä olleeseen vesikiertoiseen patteriin. Eva koetti paeta Samuelin alta ja hän onnistui kääntymään lattialla mahalleen, mutta Samuel sai Evan Choker – kaulakorusta otteen. Siinä niskassa ollut rusetti sopi Samuelin käteen täydellisesti. Samuel tunsi, kuinka hän oli nyt tilanteen herra ja ote oli nyt vain hänen hallittavissa. Se tuntui hänestä taivaalliselta. Eva ei päässyt miehen alta pakoon, sillä Samuel oli noussut hajareisin istumaan Evan alaselän päälle. Riuhtoessaan itseään irti, Eva sai Samuelin tasapainon hieman horjumaan. Mies säikähti, että hän menettäisi tilanteen hallinnan ja tarttui seinällä olevaan vanhaan vesikiertopatterin putkeen riuhtaisten sen irti pidikkeistään. Vesi alkoi virrata huoneiston lattialle ja Eva oli pääsemässä Samuelin otteesta irti. Samuel kohotti irronneen putken korkealle ilmaan samalla katsoen tiukasti tulevaa iskukohtaa, joka oli Evan takaraivo. Putken osuessa voimakkaasti päämääräänsä, tajusi Samuel samalla tekonsa vakavuuden.

"EI HELVETTI! EI EVA! EI!"

20

Karun totuuden palatessa Samuelin muistiin hän alkoi voida pahoin. Hänen vatsalaukkunsa halusi tyhjentyä nopeasti suun kautta. Karvaan polttelun jo tuntuessa kurkussaan mies joutui kiiruhtamaan nopeasti kylpyhuoneeseen tönäisten lähtiessään olohuoneen pöydällä olleen viskipullon kumoon. Pullossa ei ollut sisältöä kovinkaan paljon. Pullo vierähti pöydältä lattialle samalla antaen ylen oman sisältönsä. Samuel tyhjensi omansa kylpyhuoneen lavuaariin. Hän alkoi vapista. Muisto tuosta karmeasta tapahtumasta ei millään tuntunut hänestä todelliselta. Aivan, kuin hän olisi tapahtuneessa ollut sivullinen, joka avuttomana pystyi vain seuraamaan karmeaan päätökseen johtanutta tilannetta. Miksi hän ei muistanut tapahtunutta? Mitä oli tapahtunut sen jälkeen? Marco oli sanonut, että Eva oli muuttanut vesivahingon takia pois. Samuel alkoi epäillä, että hän oli tuon uutisen alkuun laittaja, sillä olihan hän ollut kyseisen vesivahingon aiheuttaja. Kuka tietäisi asiasta? Oliko hän uskoutunut asiasta kenellekään? Karin. Karin täytyi olla se, jolle hän oli uskoutunut. Samuelin valtasi vahva tunne, että Karin oli auttanut häntä tuossa ahdingossa. Huuhdottuaan kasvonsa ja suunsa raikkaalla vedellä, Samuel suuntasi takaisin olohuoneeseen. Puhelin oli olohuoneen pöydällä odottamassa. Nopeasti Samuel haki Karinin numeron näytölle. Puhelin hälytti. Hetken Samuel oli kuulevinaan, että Ninan ja hänen makuhuoneestaan olisi kuulunut ääntä. Karin ei vastannut, joten hän valitsi numeron uudelleen. Jälleen kuului soittoääni makuuhuoneesta. Samuel antoi puhelimen hälyttää, samalla, kun hän lähestyi makuuhuoneen ovea. Ääni voimistui. Se kuului Samuelin yöpöydän laatikosta. Epäillen mies asteli kohti yöpöytää. Soittoääni kuului nyt selvemmin. Samuelin teki mieli juosta ulos huoneesta, mutta sitä hän ei voinut tehdä, vaan hänen oli pakko katsoa laatikkoon. Laatikossa oli puhelin, joka soi. Soittajaksi oli nimetty Samuel.

"Mitä helvettiä tämä on!"

Ottaessaan yhä soivan puhelimen käteensä, Samuel istahti sängyn reunalle tyrmistyneenä. Hän katkaisi soiton. Ajatukset olivat tyystin kaikonneet hänen päästään. Hänen päänsä oli kuin laiva, joka oli tyhjennetty matkustajistaan uppoamisen uhatessa. Hiljaisuus laskeutui huoneeseen. Miten Samuelin oli suhtauduttava tilanteeseen? Hän ei pystynyt kasaamaan ajatuksiaan. Ne olivat hajonneet palasiksi.

Jotenkin oli vain pystyttävä saamaan tietoisuus todellisuudesta takaisin, mutta mikä oli todellista? Samuel ei olisi halunnut aukaista Karinin puhelinta, mutta hänen oli saatava tietää, oliko Karin edes todellinen. Ninan harhat ja kuvitelma Kimin olemassaolosta sai Samuelin epäilemään oman todellisuuden myös vääristyneen. Viimeinen muistikuva oli merkki vakavasta häiriintyneisyydestä. Oliko hän mielisairas?! Puhelimessa oli vain soittoja sekä tekstiviestejä häneltä, kuin samoin Karinilta hänelle. "Karin" ei siis ole edes todellinen ihminen, vaan hänen kuvitteellinen hahmonsa. Mutta miten se on mahdollista? Oliko hän ollut jo sairas, ennen kuin hän tapasi Ninan? Ruokkivatko heidän sairautensa toisiaan? Näihin kysymyksiin hän ei yksin kyennyt saamaan vastauksia. Samuel ymmärsi tarvitsevansa apua. Sara oli neuvonut Samuelia, että tämän oli puhuttava Tomin kanssa. Ehkä niin oli tehtävä, mutta miten hän kertoisi karmeasta teostaan? Oliko aika kaivaa kaikki luurangot kaapeistaan ulos? Tilanne vaati selvitystä, muutoin hän löytäisi itsensä pakkopaidassa lukkojen takaa tai pahempaa. Hän oli vaarallinen rikollinen ja tarvitsi apua. Hänen oli soitettava Tomille.

21

"Haloo. Samuel? Kuinka voit?"

Tomin ääni oli aina yhtä rauhoittavaa kuultavaa Samuelin mielestä. Nyt hän todella tarvitsi kuulla myös loogisia vastauksia asioihin, joita hän yleensä aina sai puhuttuaan luotettavan Tomin kanssa.

"En hyvin. Nyt on todella helvetti päässyt irti."

Samuel koetti löytää oikeat sanat nopeasti, joilla hän voisi ilmaista itsensä riittävän selkeästi.

"Tom. Minä olen tehnyt jotain peruuttamatonta."

Hiljaisuus vallitsi raskaana noiden sanojen yllä, kunnes Tomin varovainen ääni puhkaisi synkän hiljaisuuden pilven heidän väliltään.

"Samuel. Mitä sinä koetat kertoa minulle?"

"Olen tehnyt murhan. Minä olen tappanut Evan. Kuristin ja löin häntä putkella takaraivoon sinä iltana, kun teimme sovintoa."

"Evan?! Mitä sinä horiset? Eva on muuttanut pois. Hän lähetti sinulle kuvan uudesta kodista. Etkö muista? Itse sinä minulle kerroit, kuinka olitte selvittäneet välinne ja Eva oli lähettänyt sovinnoksi sinulle vielä sähköpostin, jossa oli kertonut kaiken olevan hyvin. Näytit kuvaa, jonka

Eva oli laittanut liitteenä viestissä. Samuel, oletko sinä humalassa?"

"Sähköposti?"

"Kuule, minun on nyt lopetettava, mutta etsi tuo Evan lähettämä viesti ja kuva. Soitan sinulle skype -puhelun pian."

Puhelu katkesi ja Samuel jäi mykistyneenä tuijottamaan puhelintaan. Tomin sanat olivat helpottaneet Samuelin ahdistunutta oloa, mutta toisaalta tuo puhelu oli tuonut vain lisää kysymyksiä entisestään sekavaan tilanteeseen. Samuelin ajatukset eivät kyenneet muodostamaan tapahtuneesta oikeanlaista kuvaa, joten hän kiiruhti makuuhuoneeseen etsimään tuota kuvaa tietokoneeltaan. Tom oli aikonut ottaa häneen yhteyttä skypellä, joten makuuhuoneen työpöydän päällä oleva kannettavatietokone oli saatava auki nopeasti. Asia oli tutkittava, enne, kun Tom soittaisi takaisin.

Siinä se oli. Tom oli puhunut totta. Päivämäärä Evan sähköpostin saapumiselle oli yhdeksän päivää myöhemmin tuosta mystisestä illasta. Liitteenä oli kuva, jossa Eva seisoi uuden asuntonsa parvekkeella. Parvekkeen laseista heijastui trooppinen metsä ja meri taustalla. Eva oli rentoutuneen ja levänneen oloinen. Hän oli selvästi onnellinen. Kuva helpotti Samuelin mieltä, mutta samalla se nostatti vanhat tunteet

107

pintaan. Vahvimpana niistä hän tunsi mustasukkaisuuden. Ajatus, että Eva olisi löytänyt uuden miehen ja eläisi nyt onnellisena uuden rakkauden kanssa tuolla omalla pienellä paratiisillaan, sai Samuelin suuttumaan. Hän nousi hetkeksi ylös tuoliltaan puristaen sormensa lujasti nyrkkiin. Viha kuohahti hänen suonissaan valloilleen saaden ohimoiden verisuonet pullistumaan. Samassa Tom soitti lupaamansa skype- puhelun. Samuel rauhoitti mielensä nopeasti pyyhkäisten kämmenillään kasvojaan, kuin olisi riisunut tumman ilmeensä pois, ettei Tom olisi nähnyt hänen toista olemustaan.

"Hei Tom. Luojan kiitos sinä olit oikeassa!"

Tom näki Samuelin häkeltyneet kasvot hämärän huoneen ympäröimänä.

"Kerro minulle Samuel, oletko sinä ottanut määräämiäni lääkkeitä säännöllisesti?"

"Olen. No ehkä joku kerta on jäänyt väliin. Tom, minä olen huolissani, että menetän järkeni. Kaikki tuntuu olevan sekaisin, enkä kohta osaa erottaa todellisuutta väärästä. Sain vahvan mielikuvan, että oli surmannut Evan."

Samuel riiputti päätänsä, kuin pahaa tehnyt pikkupoika isänsä edessä jäädessään kiinni teostaan.

"Ei se ole ihme. Mieti, kuinka olet joutunut elämään Ninan sairauden kanssa. Sinä olet ollut ainoa ihminen, joka on elänyt Ninan harhojen keskellä. Olet joutunut mukautumaan noihin kuvitteellisiin tilanteisiin jopa siinä määrin, että todellisuuden olemassa oloa olet joutunut vääristämään. Rajat ovat olleet koetuksella. Samuel, sinä tarvitset vain lepoa. Asiat palautuvat normaaliksi, kun vain saat levätä. Onko sinulla vielä sitä unilääkettä, jota annoin aikaisemmin sinulle?"

Tomin sanat saivat Samuelin olon rahalliseksi.

"On sitä vielä jäljellä, yöpöydän laatikossa."

"Hyvä. Ota kaksi tablettia nyt välittömästi, että saat nukuttua kunnolla."

Tomin ääni oli käskevä ja sai Samuelin toimimaan enempää viivyttelemättä. Samuel kaivoi purkista kaksi tablettia tietäen, että yksikin olisi ollut kyllin vahva saamaan tajun pois suuremmaltakin kaverilta, mutta ei hän halunnut kyseenalaistaa Tomin määräystä. Heti perään, kun tabletit olivat aloittaneet matkansa kohti Samuelin vatsalaukkua, ovikello soi.

"Tom, joku on ovellani. Käyn avaamassa."

"Samuel odota!"

Samuel oli jo poistunut huoneesta kuulematta enää Tomin sanoja. Tom yritti kuunnella saisiko, selvää kuka oli saapunut Samuelin luokse, mutta pitkä hiljaisuus oli piinaavaa. Kova kumahdus kajahti sekä sitä seurannut romahduksen ääni huoneistossa sai Tomin huutamaan Samuelin nimeä.

"SAMUEL! MITÄ SIELLÄ TAPAHTUU!"
Hämärän makuuhuoneen oviaukkoon ilmestyi nuhruinen hahmo takkuisineen hiuksineen. Hahmo laahusti laiskalla kehollaan kohti Samuelin tietokonetta päätyen seisomaan näytön eteen, mutta jääden kuitenkin hieman pimentoon. Tom siirtyi lähemmäksi oman tietokoneen näyttöä, jotta saisi paremmin selvää tuosta oudosta hiipparista. Likaisten hiusten seasta esiin piirtyivät ensimmäiseksi suuret metalliset silmälasin kehykset.

"Heippa Tomppanen. Homma hoidossa."
Samalla yhteys katkesi.

22

Kipu tuntui sietämättömältä. Se vihloi Samuelin ohimoita välillä tuntuen kovana paineena takaraivossa. Mies alkoi tiedostaa ympäristöään. Hän oli olohuoneensa lattialla pehmoisen karvamaton päällä. Kädet olivat sidotut tiukasti toisiinsa. Samalla narulla oli hänen jalkansa nidottu nilkoistaan yhteen. Valot, esineet ja varjot vääntyivät Samuelin silmissä epätodellisiin muotoihinsa. Huoneessa ei tuntunut olevan ketään. Samuel menetti jälleen tajuntansa.

Jokin kolahti pesuhuoneessa. Samuel havahtui hereille. Hän oli yhä olohuoneen lattialla sidottuna. Nyt hän kykeni näkemään selvemmin. Niskat olivat jäykät, kun hän koetti katsella ympärilleen. Lattialla, keittiötason kohdalla hän huomasi vaatekasan, jonka päällä oli jotain. Hän ei nähnyt hyvin selkeästi mitä se oli. Samuel koetti siristää silmiään nähdäkseen paremmin. Hänestä näytti, että päällimmäisinä tuota epämääräistä myttyä oli asetettu silmälasit. Ne näyttivät tutuilta metallikehyksiltä. Noiden silmälasien alla oli jotain tummaa, karvaista.

Samuel ei ollut varma, mutta hänestä se näytti peruukilta. Vaatteet. Ne olivat tutut.

- *Kim! Kim oli tullut takaisin.*

"Johan sinä heräsit. Aloin jo epäillä, että löin sinua liian lujaa."

Tuo naisen ääni oli tuttu. Samuelin oli hieman vaikeaa saada sanoista selvää. Hänen korvissansa tuntui kummaa huminaa. Kasvot, jotka häntä katsoivat, olivat hieman epäselvät. Jälleen Samuelin oli siristettävä silmiään nähdäkseen selvemmin. Kasvojen piirteet alkoivat vähitellen terävöitymään ja hänen suureksi hämmästyksekseen sumun takaa esiin muodostuivat Evan kasvot.

"EVA! Mitä helvettiä tämä on?!"

Samuel koetti päästä irti naruistaan, mutta ne tuntuivat tiukoilta, eikä hän tuntenut oloaan vahvaksi. Keho oli väsynyt ja voimaton.

"Saatana. Päästä minut irti! NYT HETI!"

"Rauhoitu! Anna minun nauttia tästä hetkestä. Nyt voin kertoa sinulle, kuinka paskamainen sinä olet!"

Eva astui lattialla makaavan Samuelin yli mennäkseen istumaan sohvalle. Eva oli siirtänyt olohuoneen pöydän sivummalle, jotta hän pystyi paremmin näkemään uhrinsa kärsimyksen.

"Millä vitulla sinä minua löit!"

Samuelin silmät tuijottivat nyt suoraan Evaa.

"Paistinpannulla. Nina oli ostanut hyvän paistinpannun."

Tuo paistinpannu oli yhä Evan kädessä. Hän ylpeänä katseli sitä ja ojensi sen kohti Samuelia, kuin esitelläkseen löytöä miehelle.

"On parempi, ettet ala riehumaan. Voin kumauttaa sinua tällä uudelleen."

Samuel ei pitänyt tilanteesta ollenkaan. Häntä ärsytti suunnattomasti se, ettei kyennyt kontrolloimaan itse asioiden kulkua.

"No niin. Ei pitkitetä enää asioita."

Eva laski paistinpannun sohvalle viereensä.

"Suhteemme oli suuri virhe, enkä arvannut, että sinä et jättäisi minua rauhaan suhteemme päätyttyäkään. Kohtelit minua kaltoin. Olit väkivaltainen, alistava ja petit useaan kertaan."

Samuel ei voinut kuunnella enempää, hän koetti nousta, mutta hänen olonsa oli sekava ja voimaton. Eva katseli rauhallisesti miehen ponnetonta ponnistelua.

"Voi sinua raukkaa. Miltä tuntuu olla avuton?"

Molemmat olivat hetken hiljaa, kunnes Eva alkoi kertoa menneisyydestä, kuin Samuel olisi ollut tarinassa vain ulkopuolinen kuuntelija.

23

"Alussa kaikki oli hyvin. Olimme rakastuneita ja ajattelin, että olet se oikea minulle. Minä typerys aloin jo miettimään häitämme. Näin jo mielessäni millaisen häämekon laittaisin ylleni ja kuinka astelisimme onnellisina alttarilta kohti yhteistä tulevaisuuttamme. Mutta sitten aloit muuttua. Pidit minua pilkkanasi vehdaten toisten naisten kanssa. Osasit salata syrjähyppysi kahliten minut omaan liekaasi. Rajoitit vapauttani, enkä saanut tavata ystäviäni, kuin vain sinun luvallasi. Minun oli aina raportoitava ketä tapaan tai tapasin ja mitä heidän kanssaan puhuin. Asiat menivät vain vakavampaan suuntaan. Aloit olla väkivaltainen. Läimäyttelit avokämmenellä, vedit hiuksista ja lopuksi löit. Se oli viimeinen pisara. Tuolloin päätin, että saat vielä tuntea kostoni nahoissasi. Jotenkin muutuit hetkeksi. Ehkä sinä itsekin säikähdit oikeaa todellista luonnettasi, joka alkoi kummuta sisältäsi. Luojan kiitos tuo hetki sai minut toimimaan nopeasti, enkä vastannut säälipyyntöihisi, vaan pakkasin laukkuni ja lähdin. Jatkoit pelejäsi naisten kanssa ja samalla ruikutit perääni. Olit tehdä minut hulluksi, mutta kohtalo puuttui osuvasti peliin."

Eva nousi sohvalta astuen jälleen lattialla tokkuraisena makaavan Samuelin yli. Nainen tarttui hyllyssä olevaan valokuvaan, jossa Nina ja Samuel halasivat toisiaan onnellisen näköisenä.

"Nina raukka sattui astumaan näyttämölle ja tiesin heti, että olitte luodut toisillenne. Et tiennytkään, kuinka hyvin minä satuinkaan Ninan taustan tietämään. Se nainen ei myöskään tiennyt, että hänen siskopuolensa rakas aviomies, Tom sattuukin olemaan minun veljeni."

Samuelin kauhistunut katse kertoi enemmän, kuin se, että hän olisi kyennyt selkeästi tuottamaan tuhansia lauseita. Sen sijaan hän vain tuijotti Evaa kykenemättä edes avaamaan suutansa.

"Aivan, Tom on isoveljeni ja hyvinkin tietoinen tekosistasi. Eikö olekin jännää!"

Eva kyykistyi Samuelin viereen katsoen uhmakkaasti miestä suoraan silmiin.

"Sinä onneton olet ollut meidän oma marionettinukkemme jo pitkään."

Tuon kuiskattuaan Samuelin korvaan, Eva nousi ylös ja asetti valokuvan takaisin paikoilleen hyllyn päälle.

"Miten otollinen tilanne olikaan, kun Nina sai työpaikan yhtiöstämme, tosin minulla ja Tomilla saattoi olla hiukan sormemme pelissä.

115

Suosituksien kautta. Sara oli lopen uupunut Ninan harhoihin, vaikkakin hän asui etäällä. Avuttomana hän katsoi, kuinka Nina ajoi heidän yhteisen isänsä ja äitipuolensa hulluuden partaille. Varsinaisesti Sara ei ollut mukana juonessamme, eikä hän halunnut puuttua asioihin. Hänen mielestään oli parempi, ettei hän tiennyt asioista. Lopussa meidän oli pakko kertoa hänelle kaikki. Silloin hän lähestyi myös sinua suositellen, että puhuisit Tomille. No mutta sinähän olit jo Tomin potilaana samoin kuin Nina oli ollut jo pitkään. Meidän oli helppo luoda illuusio ympärillenne. KimChat oli oiva apuvälinen, eikä Ninalle tuottanut vaikeuksia keksiä salasanaa koneeseen, sillä tiesimme Nenan kappaleen olevan yksi hänen suosikeistaan ja sen että hän piti kaikista arvoituksista."

Eva katsoi Samuelia, jonka kasvot olivat alkaneet punoittaa kiukusta, mutta vahvan lääkityksen saaneena sekä tiukan sidonnan ansiosta mies oli vaaraton. Hieman Eva ihmetteli kyllä, kuinka Samuel hienosti malttoi kuunnella, eikä alkanut tyylilleen uskollisena sättiä sanoillaan ivallisesti kesken loistavaa tarinaa. Ehkä heidän yllättävä juonensa oli vetänyt miehen sanattomaksi. Evan katse muuttui hieman surulliseksi, kun hän yhä katsoi Samuelia todeten.

"Kaksi kaistapäätä vain yhteen ja soppa oli valmis."

Tunnelma huoneessa oli surullinen. Tuosta jo melkein säälin valtaan luisuvasta tunnelmasta Eva irrottautui jatkamalla tarinaansa.

"Tiesimme millaiseksi Nina oli veljensä maalannut kuvitelmissaan, joten meillä oli helppo herättää Kimi henkiin ja myös tuhota Kim. Tom kirjoitti lausunnot Kimin kuolemasta, jotta teidän kuvitteellinen maailmanne ei romahtaisi täysin. Edes sinä et minua tunnistanut valeasustani. Olin yllättynyt, kuinka helppoa se olikaan näytellä sekopäistä Kimiä. Ironista tässä on se, että Nina tietämättään vei juonta jännempään suuntaan hurmaten Miron mukaan juoneen. Olimme Tomin kanssa hieman pelokkaita, sillä emme tienneet kuinka tuo nuori hieroja hurmaantuisi Ninaan. Mutta turha oli huolemme, Nina oli loistava!"

Evan kasvoille ilmestyi huvittunut ilme, kun hän jatkoi.

"Olin hyvin hämmentynyt, kun Nina otti tatuoinnin ja mikä se sattuikaan olemaan? RUSETTI NISKASSA! HAH! Joskus ei vain voi itsekään suunnitella asioita näin hienosti, kun kohtalo ne meille tarjoilee. Ajattele, rusetti niskaan!"

Jälleen Eva kyykistyi Samuelin viereen. Hänen ilmeensä ei enää ollut yhtään huvittuneen oloinen.

"En ikinä unohda, kuinka kuristit minua korullani ja löit sitten putkella. Menetin tajuntani hetkeksi. Kun olit poistunut asunnostani, luojalle kiitos siitä, että heräsin. Muutoin en olisi saanut toteutettua loistavaa ja nerokasta kostoani. Tom oli etevä ja sai hypnotisoitua mielesi puheillaan ja lääkkeillään, jotta unohtaisit tapahtuneen. Olet varmaan joutunut kärsimään vatsavaivoista? Voi harmi."

Pelottavan hiljaisena Samuel kuunteli Evan puheita. Eva ei halunnut näyttää Samuelille, että häntä hieman puistatti miehen ilmeetön hiljaisuus. Hetken hiljaisuuden jälkeen nainen nousi jaloilleen jatkaen puhettaan.

"Hurjaksihan se meinasi Miron mukaantulo mennä, mutta onneksi ei sivullisia loukkaantunut. Hieman ensin arvelutti, sillä Mirokin oli aika tulisieluinen kaveri. No ei me voitu muuta, kuin ottaa mies mukaan juoneen, tosin hän ei tiennyt, että Kim oli kuvitteellinen. Koskaan hän ei saanut tietää minusta ja Tomista. Huvittavaa, sillä ei Ninakaan tiennyt kenen kanssa oli oikeasti tekemisissä. Ja Mirokin pääsi vähällä moisesta tapahtuneesta, kun hän vetosi…"

"Entä Karin?"

Evaa ei yllättynyt ollenkaan, että Samuel rikkoi vaitonaisuutensa juuri tuolla kysymyksellä.

"Karin. Karin oli selvä merkki, että sinä Samuel olit juurikin oikea Ninalle. Karin on *sinun*

118

luoma hahmosi. Joten te kaksi ymmärsitte hyvin tietämättänne toisianne, sillä molemmilla oli omat mielikuvitus kaverinne, joiden kanssa leikitte. Jotenkin Nina sai käsittämättömällä tavalla sinut heti pauloihinsa, sillä ensitapaamisestanne lähtien Karin astui kuvioihin mukaan. Vain minä huomasin sen, sillä kutsuit minua tuolloin Kariniksi. En oikeastaan yllättynyt, vaan tajusin heti, että teidän kuului olla yhdessä. Osittain esiinnyin myös Karinin roolissa. Täytyihän sinut pitää lujasti uskossasi kiinni, että Karin oli todellinen. Puhuimme ja viestittelimme löytämäsi puhelimen välityksellä. Ilmeisesti osaan muuntaa ääntäni, kun koskaan et sitä epäillyt. Ninan hautajaisten aikaan toin puhelimen asuntoosi. Olihan sinun viimeinkin löydettävä se. No, tietenkin alussa ajattelin vain omaa kostoani, mutta tilanteiden edetessä, minua alkoi hieman hirvittää, kuinka samanlaisia te olittekaan. Eritoten silloin, kun Nina katosi. Tosin tässäkin olimme Tomin kanssa hieman auttamassa Ninan hetkellistä katoamista."

Evan oli pidettävä pieni tauko, sillä hänen rinnassaan oli alkanut tuntua hyvin ahdistavalta.

"Seurasin kuinka saavuit Kimin asunnolle asentamistamme kameroista. Pelottavinta oli silloin, kun kuljit käytävää kohti Kimin huonetta, jossa odotin sinua ja kuinka pysähdyit jokaisen oven kohdalla. Luin huuliltasi, kuinka luettelit ihmisten nimiä. Se oli todella kammottavaa. Ja lopuksi, kun sinä menetit hetkellisesti tajuntasi ja me vaihdoimme Ninan tilalleni, sitä seurannut traaginen kamppailunne. Tuntui siltä, kuin olisin katsonut jotain piinaavaa kauhuelokuvaa. Koskaan emme olleet ajatelleet, että tämä päättyisi näin hirveällä tavalla. Emme tietenkään toivoneet tai saatikka suunnitelleet kenenkään kuolemaa, ei. Tietenkin tiedostimme riskit, mutta tilanne ei ollut meidän hallittavissamme enää tuolloin."

Surumielinen raskas tunnelma laskeutui jälleen huoneeseen. Eva pyyhkäisi kyyneleen silmäkulmastaan samalla yskäisten, kuin vahvistaakseen ääntään, jotta se ei olisi epävarman kuuloinen.

"No niin. Oliko herralla muita kysymyksiä?"

Samuel oli väsyneen oloinen. Miehen silmät olivat sameat ja poissaolevat. Hetken Eva katsoi tuota luhistunutta ihmispoloa, joka oli yhtä äkkiä muuttunut hauraaksi ja vaarattoman oloiseksi. Eva ei enää tunnistanut miestä Samueliksi. Lattialla makasi vain pelkkä ihmiskuori, jonka sielu oli joutunut vangiksi syvälle kuoren sisään.

"Ehkä tämä riittää jo."

Eva otti taskustaan puhelimen ja lähetti sillä viestin Tomille:

"Lähetä ratsuväki hakemaan paketti. Laitan vain nätin rusetin vielä koristamaan pakkausta."

24

Rikosetsivä Henrik Peterson oli saanut nimettömän vihjeen yksityisasunnossa riehuvasta henkilöstä, jonka epäillään pitävän toista henkilöä kyseisessä asunnossa vankinaan. Osoite, jonka vihjeen antaja oli Petersonille ilmoittanut oli miehelle tuttu. Asunnon omistaja oli ollut hiljattain yhteistyössä etsivän kanssa. Hänen vaimollaan oli ollut suhde toiseen mieheen ja tuo sokeasti rakastunut toinen mies oli saanut päähänsä tappaa naisen aviomiehen eli juurikin tuon kyseisen osoitteen asunnon haltijan. Peterson oli tutkinut avioparin taustoja ja oli selvinnyt, että molemmilla oli vakavia ongelmia. Nainen, joka oli Petersonin mielestä kuollut hämärissä olosuhteissa kaatuessaan portaissa, oli ollut vakavasti häiriintynyt mieleltään. Mies oli taas väkivaltainen, alkoholin suurkuluttaja ja käytti ilmeisesti vahvoja lääkkeitä. Näin suoraan rikosetsivä tilanteesta ajatteli. Hän oli alkanut tutkia naisen kuolemaa ollen vakuuttunut siitä, ettei tapaus ollut vahinko. Nyt hänellä oli oiva tilaisuus päästä syvemmälle tutkimukseen. Hän toivoi, että pystyi saamaan mahdollisesti miehestä enemmän tietoa, jopa ratkaisevaa tietoa. Petersonista tuntui, että tapaus oli liiankin hyvä ollakseen totta.

Kahden konstaapelin seurassa rikosetsivä saapui vihjeen mukaiselle ovelle. He soittivat ovikelloa, mutta eivät saaneet vastausta. Hetken kuunneltuaan sisältä kuulunutta vaikerrusta, Peterson alkoi hakata nyrkillään ovea huutaen samalla käskyjä sisällä oleville.

"TÄÄLLÄ ON POLIISI! AVATKAA!"

Vaimea vaikerrus jatkui tasaisena oven toisella puolen. Poliisit päättivät murtaa oven. Näky, jonka he kohtasivat asunnon sisällä ei ollut kaunista. Eteisessä oli vaatteita pitkin lattiaa. Lääkkeitä ja alkoholia oli lattioilla. Pesuhuone oli sotkuinen. Siellä oli myös lääkkeitä lattialla. Lasinen lääkepullo oli särkynyt lavuaariin, jossa oli myös oksennusta. Vaimea valitus jatkui ja se kuului keittiötason takaa olohuoneen puolelta. Peterson eteni hitaasti kuullen nyt selvästi, mitä tuo vaimeasti valittava henkilö toisti niin hartaasti.

"Kim on palannut takaisin, Kim on palannut takaisin, Kim on palannut takaisin..."

Tuo valittaja oli mies, jonka selkä oli seinään päin. Hän piteli jalkojaan tiukassa otteessa käsivarsillaan. Paljaat polvet painuivat hänen kumartunutta rintaansa vasten. Mies oli alasti ja keinui hiljaa samalla, kun hän toisti tuota samaa lausetta. Miehen kaulassa oli köysi. Köydestä oli taidokkaasti solmittu suuri rusetti miehen niskaan. Rusetin muotoilemiseen oli käytetty aikaa, sillä se näytti jopa kauniilta miehen paljasta ihoa vasten. Tuosta oudosta yksityiskohdasta huolimatta, Peterson arveli miehen olevan itsetuhoinen. Kumarruttuaan tarkastelemaan miehen kasvoja, jotka tuntuivat tuijottavan apaattisena tyhjyyteen, Peterson säikähti suunnattomasti, kun mies yllättäen nosti kätensä kohti kattoa huutaen vihaisena.

"KAIKEN TAKANA ON NAINEN!"

Tuon oudon, epäinhimilliseltä kuulostavan huudahduksen päästettyään raikuvasti ulos keuhkoistaan, mies vetäytyi takaisin pitelemään polviaan ja jatkamaan omaa outoa höpinäänsä. Poliisit katselivat hetken toisiaan, kunnes Peterson totesi hämmentyneille konstaapeleille.

"Kuulkaa. Meillä ei taida olla paljoakaan annettavaa tälle onnettomalle. Eiköhän kutsuta "valkotakit" paikalle. Tuon onnettoman osoite taitaa olla nyt suljettu osasto."

25

Ennen, kuin Eva poistui Samuelin ja Ninan asunnolta viimeisteltyään pakettinsa noutajia varten, hän vilkaisi keittiösyvennykseen. Kaapin alta lattian rajasta pilkotti esiin jokin valkoinen lappunen. Eva kumartui katsomaan lappua tarkemmin. Hän veti varoen paperin esiin kaapin listan alta. Se oli adoptiotodistus. Siihen oli kirjoitettu, että Samuel oli valtuuttanut lääkäri nimeltään Peter Henriksson luovuttamaan vastasyntyneen poikalapsen adoptoitavaksi, sillä lapsen äiti ei ollut henkisesti kykenevä hoitamaan vastasyntynyttä. Pojalle oli suoritettu hätäkaste. Lapsen nimen kohdalle oli kirjoitettu: KIM